愛上 不讀不可 A1
西班牙文
Me encanta el español

國立政治大學歐洲語文學系助理教授

Mario Santander Oliván（馬里奧） 著

Prólogo
推薦序

我認識 Mario Santander Oliván（馬里奧）老師已有幾年的時間。第一次與 Mario 交談是在西語界的學術場合，當時他仍是國立臺灣師範大學翻譯研究所的博士生；之後，他邀請我擔任博士口試委員，而今年（2019）春季本系聘請 Mario 擔任約聘專任助理教授的工作，正式成為我們政治大學歐文系西班牙文組的成員。Mario 為人謙和有禮，教學相當嚴謹與認真，中文頗為流利，十分融入臺灣的文化社會。

眾所皆知，西班牙文不僅是英文與中文之外的世界第三大通用語，也是臺灣與拉美邦交國在外交領域與經貿往來的必備語言；不僅如此，國人旅遊或是外派西語系國家工作，更需學習西班牙文，擴展個人的文化視野與增進職場的優勢。基於上述原因，Mario 根據個人臺灣的西語教學經驗，希望能編寫一系列專門為中文母語者自學的西班牙語學習叢書。以歐洲共同語言參考架構（The Common European Framework of Reference for Languages）的不同語言程度（A1、A2、B1、B2、C1、C2）區分，這套西語教科書系列不僅能幫助中文母語者自行學習，也將是學習者日後準備西語檢定考試（DELE）的最佳輔助教材。

本書《愛上西班牙文 A1》，針對 A1 程度的學習者，以深入淺出的方式啟發西語初學者之學習興趣，進而靈活運用基礎西語在日常生活的場域，培養學習者認識西語國家文化與拓展其世界觀。在結構上，本書分為十六單元，結合自我介紹、飲食、購物、居住、休閒活動、個人喜好、描述過去生活經驗等十分生活化的主題。每單元皆以中西文對照撰寫，包括單字、文法解析、綜合練習及主題閱讀，內容相當豐富及結構清晰，相信在短期內能增進學習者在聽說讀寫的基礎能力。本書的最大優點是內容精簡、易學及真實，雖是語言教材，但並不是完全以文法導向的書。

我誠心推薦本書《愛上西班牙文 A1》，也預祝 Mario 的一系列叢書出版順利。

美國俄亥俄州立大學西班牙文學博士
國立政治大學歐洲語文學系西班牙文組教授

Prólogo
推薦序

這是一本實用兼具的語言教科書

　　《愛上西班牙文 A1》是馬里奧（Mario Santander Oliván）老師出版的第二本書，因致力於教學工作多年，加上本身近乎母語程度的流利中文，馬里奧老師深刻體會到臺灣學生學習西班牙文可能遇到的困難與問題。因此，推出 A1 程度的《愛上西班牙文 A1》一書，透過情境對話、單詞、文法解説和有趣又實用的練習題，讓學習者可以透過此書以提升日常生活之西班牙文聽説讀寫能力。

　　此書共有 16 個單元，包含國籍、職業、學校、方位、天氣、日期、西班牙菜餚、家庭、顏色、休閒活動等生活用語，活潑生動並將大部分的中文翻譯置於附錄，以期打造一個理想的西班牙文學習環境；簡潔的講解與實用的例句，更引領學習者了解句型以及真實意思；並透過閱讀翻譯和練習題，讓學習者能掌握學習西班牙文的訣竅。

　　此書對於想學西班牙文的學習者，提供了一股助力，就是讓《愛上西班牙文 A1》與學習者的生活經驗更為密合，提高了學習動力並產生了共鳴。期待教學經驗豐富，且頗有心得的馬里奧（Mario Santander Oliván）老師，未來再接再厲撰寫更多專為母語為中文者設計的西班牙文學習書。

西班牙巴塞隆納自治大學翻譯學院博士
文藻外語大學翻譯系暨多國語複譯研究所助理教授

Prefacio
作者序

　　想多學一個語言，增加求職競爭力嗎？西班牙文好聽又好學、實用性高。西班牙文除了是 20 多個國家、地區、歐盟、聯合國、世貿組織和其他許多國際組織的官方語言，也是世界第二大語言（以西文母語者為主），以及世界第三大通用語言。全世界使用西班牙文人數達五億人、兩億多人以它為母語。此外，在國際貿易往來上更是被多國使用。由於全球市場的深切互動，越來越多公司必須發展國際貿易，西班牙文已經成為尋覓工作時的重要條件。以臺灣人的角度來看，學習西班牙文真的有很多好處，除了臺灣在中南美洲有許多重要的邦交國，而且臺灣和西語國家的經貿往來愈加密切，所以學習西班牙文，將有助於擴展視野，尋找更多機會，發現不一樣的世界！也可以說，這一代「英文是必須，二外是優勢」，西班牙文是你最好的選擇！

　　目前越來越多臺灣人去西班牙旅遊、留學、做生意等，對西班牙文和西班牙文化感興趣。但是若說到要學習西班牙文，儘管臺灣市場已有賣西班牙進口的西班牙文教科書，但這些書都以全西班牙文撰寫，在學習上不免有些隔閡。而此系列西班牙文學習書是專門針對想學習西班牙文的中文母語者設計，以歐洲共同語文參考架構不同程度（A1、A2、B1、B2、C1、C2）的語言能力，撰寫不同卻同樣豐富的學習內容，是中文母語者必備的系列教材。本書為此系列的第一本書，針對 A1 程度，希望啟發初學者對西班牙文的興趣、培養讀者結合與運用日常生活之語言，達到聽說讀寫之基礎西文能力，和引導學生掌握學習西班牙文的訣竅，進而開心地學習。

　　本書的架構主要分為 16 個單元，與日常生活有關。每個單元皆以中西文對照撰寫，內容包含相關閱讀、單詞、文法解說和有趣又實用的練習題，皆特別為中文母語者設計。此書的附錄含閱讀翻譯和練習題答案，提供更完整的學習內容。另外，本書附 MP3 音檔，能讓大家多聽每個單元的單詞和聽力內容，所有音檔皆由西班牙文母語者錄音。想要更深入瞭解西班牙文學習祕訣的臺灣朋友們，若想以輕鬆和有趣的方式從零開始學西班牙文，這本書將會是你們的好幫手！

國立臺灣師範大學翻譯研究所博士
國立政治大學歐洲語文學系西班牙文組助理教授

Mario

Cómo utilizar este libro
如何使用本書

最貼近生活的會話 跟著 Carmen、Luis、Ana、Juan 的日常生活會話學習西文,在學校、上班途中、朋友邀約……保證道地又實用。

作者親錄 MP3 音檔 西班牙籍作者馬里奧老師與女西班牙錄音員,為全書的閱讀、單詞錄製音檔。最道地的西班牙文,戴上耳機就能聽到!

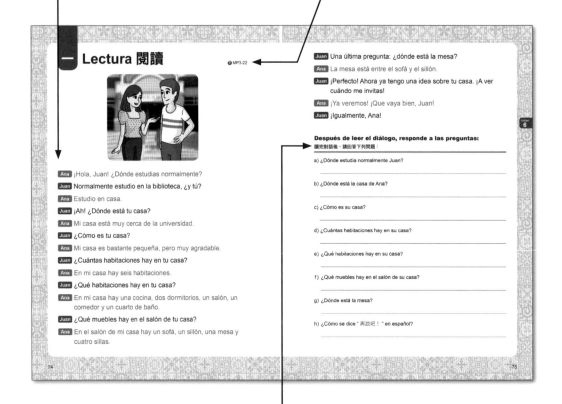

— Lectura 閱讀

🎧 MP3-22

Ana ¡Hola, Juan! ¿Dónde estudias normalmente?

Juan Normalmente estudio en la biblioteca, ¿y tú?

Ana Estudio en casa.

Juan ¡Ah! ¿Dónde está tu casa?

Ana Mi casa está muy cerca de la universidad.

Juan ¿Cómo es tu casa?

Ana Mi casa es bastante pequeña, pero muy agradable.

Juan ¿Cuántas habitaciones hay en tu casa?

Ana En mi casa hay seis habitaciones.

Juan ¿Qué habitaciones hay en tu casa?

Ana En mi casa hay una cocina, dos dormitorios, un salón, un comedor y un cuarto de baño.

Juan ¿Qué muebles hay en el salón de tu casa?

Ana En el salón de mi casa hay un sofá, un sillón, una mesa y cuatro sillas.

Juan Una última pregunta: ¿dónde está la mesa?

Ana La mesa está entre el sofá y el sillón.

Juan ¡Perfecto! Ahora ya tengo una idea sobre tu casa. ¡A ver cuándo me invitas!

Ana ¡Ya veremos! ¡Que vaya bien, Juan!

Juan ¡Igualmente, Ana!

Después de leer el diálogo, responde a las preguntas:
讀完對話後,請回答下列問題:

a) ¿Dónde estudia normalmente Juan?
_____

b) ¿Dónde está la casa de Ana?
_____

c) ¿Cómo es su casa?
_____

d) ¿Cuántas habitaciones hay en su casa?
_____

e) ¿Qué habitaciones hay en su casa?
_____

f) ¿Qué muebles hay en el salón de su casa?
_____

g) ¿Dónde está la mesa?
_____

h) ¿Cómo se dice " 再說吧!" en español?
_____

要你用西文思考 看完或聽完對話後,可不是無事可做!快來回答閱讀測驗的八道問題,鼓勵你用西文思考!

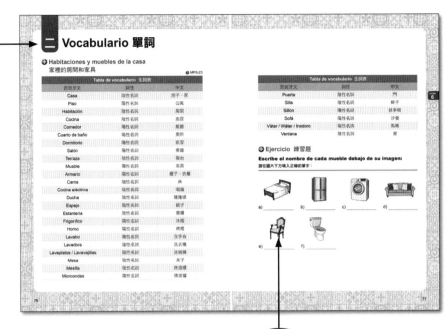

主題單詞

整理與該課相關的主題單詞，學語言不可或缺的詞彙力，就在這裡養成。挑選符合自身條件的單詞，做造句練習，學習西文就那麼簡單。

練習 黏固記憶

要記牢單字，當然少不了刺激記憶的步驟啦！學習完主題單詞之後，就來測驗看看自己究竟吸收了多少吧！

就算是初學，文法還是一把抓

A1 必學的初級西文文法，本書當然不會錯過！西文三組動詞、現在陳述式、命令式，透過表格、練習題，每單元小分量的學習，文法也難不倒你！

融會貫通的綜合練習

學習不做測驗，就像學游泳不下水一樣！每單元的綜合練習，包含改錯、翻譯，都能成功讓你的大腦輸入最多的西文內容！

Índice
目次

Unidad preparatoria

¡Hola!

預備單元：你好！

學習重點：

Alfabeto 字母表

Pronunciación 發音

Acentuación 重音

Vocabulario básico 基本詞彙

一 Alfabeto 字母表

♪ MP3-01

大寫	小寫	讀音
A	a	a
B	b	be
C	c	ce
D	d	de
E	e	e
F	f	efe
G	g	ge
H	h	hache
I	i	i
J	j	jota
K	k	ka
L	l	ele
M	m	eme
N	n	ene
Ñ	ñ	eñe
O	o	o
P	p	pe
Q	q	cu
R	r	erre
S	s	ese
T	t	te
U	u	u
V	v	uve
W	w	uve doble
X	x	equis
Y	y	i griega
Z	z	zeta

Pronunciación 發音

♪ MP3-02

	a	e	i	o	u
b	ba	be	bi	bo	bu
c	ca	ce	ci	co	cu
d	da	de	di	do	du
f	fa	fe	fi	fo	fu
g	ga	ge / gue	gi / gui	go	gu
h	ha	he	hi	ho	hu
j	ja	je	ji	jo	ju
k	ka	ke	ki	ko	ku
l	la	le	li	lo	lu
ll	lla	lle	lli	llo	llu
m	ma	me	mi	mo	mu
n	na	ne	ni	no	nu
ñ	ña	ñe	ñi	ño	ñu
p	pa	pe	pi	po	pu
q		que	qui		
r	ra	re	ri	ro	ru
s	sa	se	si	so	su
t	ta	te	ti	to	tu
v	va	ve	vi	vo	vu
x	xa	xe	xi	xo	xu
y	ya	ye	yi	yo	yu
z	za	ze	zi	zo	zu

Unidad
0

三 Acentuación 重音

　　西班牙文之母音是音節的核心，子音無法單獨構成音節。單詞根據音節數可分為單音節詞、雙音節詞、三音節詞和多音節詞。西班牙文有些單詞不帶重音（acento），稱為「非重讀詞」。非重讀詞大都是單音節詞，但有些單詞不論有無重音，讀法並無差異，但意義會不同，例如 si（如果）和 sí（是的）或 el（陽性單數定冠詞，像英文的 the）和 él（他）。

　　未按拼音規則之單詞須標出重音符號「'」（tilde）。有重音符號的單詞皆為重讀詞。依照重音，西班牙文之單詞可分為四個類型：

1. Palabras agudas：詞尾是「n」、「s」以外之子音，重音在最後音節，如 profesor（老師）。如果母音或子音「n」、「s」在最後音節的最後一個位置，須標出重音符號，如 alemán（德文、德國男人）。

2. Palabras llanas：詞尾是母音或子音「n」、「s」，重音在倒數第二音節，如 hora（小時）。如果母音或子音「n」、「s」不在最後音節的最後一個位置，須標出重音符號，如 difícil（難的）。

3. Palabras esdrújulas：重音在倒數第三音節，且母音都帶重音符號，如 África（非洲）。

4. Palabras sobresdrújulas：：重音在倒數第四音節，且母音都帶重音符號，如 difícilmente（難地）。

四 Vocabulario básico 基本詞彙

✤ Saludos 問候

MP3-03

西班牙文	中文
¡Hola!	你好！
¡Buenos días!	早安！
¡Buenas tardes!	午安！
¡Buenas noches!	晚安！

✤ Despedidas 道別

MP3-04

西班牙文	中文
¡Adiós!	再見！
¡Hasta luego!	待會見！
¡Hasta pronto!	稍後見！
¡Hasta mañana!	明天見！

✤ Expresar agradecimiento 表達感謝

MP3-05

西班牙文	中文
¡Gracias!	謝謝！
¡Muchas gracias!	非常謝謝！
¡De nada!	不客氣！
Por favor	請

✤ Expresar asentimiento 表達同意

MP3-06

西班牙文	中文
¡Vale!	好啊！
¡De acuerdo!	好的！
¡Perfecto!	太好了！
¡Buena idea!	好主意！
¡Hecho!	一言為定！
¡Claro!	當然！

✚ Responder a preguntas básicas 回答基本問題

♪ MP3-07

西班牙文	中文
Sí	是、對
No	不

✚ Preguntar el precio 問價格

♪ MP3-08

西班牙文	中文
¿A cuánto está(n)...? / ¿A cómo está(n)...?	……多少錢？（這兩個問題意思相同，都是問「不固定的價格」。如在菜市場買菜，每天菜的價格不同，問菜的價格均會用這個問題。）
¿Cuánto cuesta(n)...? / ¿Cuánto vale(n)...?	……多少錢？（這兩個問題意思相同，都是問「固定的價格」。如在百貨公司，每天衣服或鞋子的價格是固定的，問衣服或鞋子的價格均會用這個問題。）
¿Cuánto es todo?	共多少錢？（不分固定或不固定價格。）

✚ Números cardinales 數字

♪ MP3-09

0	cero	15	quince	30	treinta
1	uno	16	dieciséis	31	treinta y uno
2	dos	17	diecisiete	40	cuarenta
3	tres	18	dieciocho	41	cuarenta y uno
4	cuatro	19	diecinueve	50	cincuenta
5	cinco	20	veinte	51	cincuenta y uno
6	seis	21	veintiuno	60	sesenta
7	siete	22	veintidós	61	sesenta y uno
8	ocho	23	veintitrés	70	setenta
9	nueve	24	veinticuatro	71	setenta y uno
10	diez	25	veinticinco	80	ochenta
11	once	26	veintiséis	81	ochenta y uno
12	doce	27	veintisiete	90	noventa
13	trece	28	veintiocho	91	noventa y uno
14	catorce	29	veintinueve	100	cien

Números ordinales 序數

♪ MP3-10

1º	primero	11º	decimoprimero / undécimo
2º	segundo	12º	decimosegundo / duodécimo
3º	tercero	13º	decimotercero
4º	cuarto	14º	decimocuarto
5º	quinto	15º	decimoquinto
6º	sexto	16º	decimosexto
7º	séptimo	17º	decimoséptimo
8º	octavo	18º	decimoctavo
9º	noveno	19º	decimonoveno
10º	décimo	20º	vigésimo

註：在陽性單數名詞前，序數第一（primero）和第三（tercero）要去掉最後一個「-o」，如 mi primer libro de español（我的第一本西文書籍）和 tu tercer hijo（你的第三個兒子）。

MEMO

Unidad 1

¿Cómo te llamas?

第一單元：你叫什麼名字？

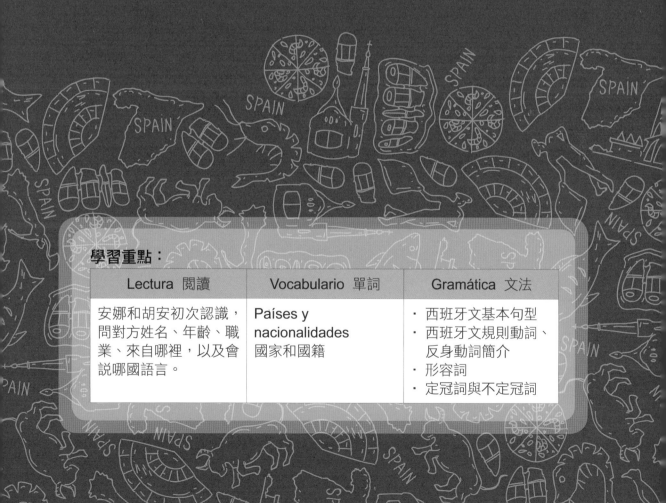

學習重點：

Lectura 閱讀	Vocabulario 單詞	Gramática 文法
安娜和胡安初次認識，問對方姓名、年齡、職業、來自哪裡，以及會說哪國語言。	Países y nacionalidades 國家和國籍	・西班牙文基本句型 ・西班牙文規則動詞、反身動詞簡介 ・形容詞 ・定冠詞與不定冠詞

一 **Lectura** 閱讀

Ana ¡Hola! ¡Buenos días!

Juan ¡Hola! ¿Cómo te llamas?

Ana Me llamo Ana, ¿y tú?

Juan Yo me llamo Juan, ¡encantado!

Ana ¡Encantada! ¿Cómo te apellidas?

Juan Me apellido Sánchez, ¿y tú?

Ana Me apellido López. ¿De dónde eres?

Juan Soy español, de Madrid, ¿y tú?

Ana Yo soy española, de Barcelona. ¿Y cuántos años tienes?

Juan Tengo 18 años, ¿y tú?

Ana Yo también tengo 18 años.

Juan ¿Qué eres?

Ana Soy estudiante.

Juan ¿Y qué estudias?

Ana Estudio historia en la Universidad Autónoma de Barcelona. ¿Y tú? ¿También eres estudiante?

Juan Sí, yo soy estudiante de filosofía en la Universidad Autónoma de Madrid.

Ana ¡Perfecto! ¿Qué lenguas hablas?

Juan Hablo español, inglés y un poco de chino, ¿y tú?

Ana Hablo español e inglés.

Juan ¡De acuerdo! ¡Hasta pronto, Ana!

Ana ¡Adiós, Juan!

Después de leer el diálogo, responde a las preguntas:

讀完對話後，請回答下列問題：

a) ¿Cómo se llama la chica?

_____

b) ¿Cómo se apellida Juan?

_____

c) ¿De dónde es Ana?

_____

d) ¿Cuántos años tiene Juan?

_____

e) ¿Qué es Ana?

_____

f) ¿Qué estudia Ana?

_____

g) ¿Qué lenguas habla Ana?

_____

h) ¿Cómo se dice "再見！" en español?

_____

註：西班牙文的「和」為「y」，但如果下一個單字開頭為 i 或 hi，「和」要用「e」。例子如下：

Hablo chino y español. 我會講中文和西班牙文。

（說明：因「和」後面單字開頭為非 i 或 hi，則用「y」）

Hablo chino e inglés. 我會講中文和英文。

（說明：因「和」後面單字開頭為 i 或 hi，則用 「e」）

二 Vocabulario 單詞

⊕ Países y nacionalidades 國家和國籍

♪ MP3-12

País（國家）	Nacionalidad（國籍）			
	陽性單數	陰性單數	陽性複數	陰性複數
Alemania 德國	alemán	alemana	alemanes	alemanas
América 美國 / 美洲	americano	americana	americanos	americanas
Argentina 阿根廷	argentino	argentina	argentinos	argentinas
Bélgica 比利時	belga	belga	belgas	belgas
Brasil 巴西	brasileño	brasileña	brasileños	brasileñas
Canadá 加拿大	canadiense	canadiense	canadienses	canadienses
China 中國	chino	china	chinos	chinas
Corea 韓國	coreano	coreana	coreanos	coreanas
España 西班牙	español	española	españoles	españolas
Estados Unidos 美國	estadounidense	estadounidense	estadounidenses	estadounidenses
Francia 法國	francés	francesa	franceses	francesas
Grecia 希臘	griego	griega	griegos	griegas

Tabla de vocabulario 生詞表

País （國家）	Nacionalidad（國籍）			
	陽性單數	陰性單數	陽性複數	陰性複數
Holanda 荷蘭	holandés	holandesa	holandeses	holandesas
India 印度	indio	india	indios	indias
Inglaterra 英格蘭	inglés	inglesa	ingleses	inglesas
Irlanda 愛爾蘭	irlandés	irlandesa	irlandeses	irlandesas
Italia 義大利	italiano	italiana	italianos	italianas
Japón 日本	japonés	japonesa	japoneses	japonesas
Marruecos 摩洛哥	marroquí	marroquí	marroquíes	marroquíes
México 墨西哥	mexicano	mexicana	mexicanos	mexicanas
Portugal 葡萄牙	portugués	portuguesa	portugueses	portuguesas
Rusia 俄羅斯	ruso	rusa	rusos	rusas
Suecia 瑞典	sueco	sueca	suecos	suecas
Suiza 瑞士	suizo	suiza	suizos	suizas
Taiwán 臺灣	taiwanés	taiwanesa	taiwaneses	taiwanesas

Tabla de vocabulario 生詞表

註 1：如果國家有自己的語言，陽性單數國籍和語言為同一個單字。例：español為西班牙男人，也為西班牙文。

註 2：英格蘭的西文為 Inglaterra，英國則為 Reino Unido。

✤ Ejercicio 練習題

Completa el siguiente ejercicio según el modelo:

依照例子，請完成下列練習題：

Ejemplo: ¿De dónde es Juan?

Juan / España : Juan es español.

a) ¿De dónde es Francesca?

Francesca / Italia : _____

b) ¿De dónde son Otto y Wolfgang?

Otto y Wolfgang / Alemania : _____

c) ¿De dónde son Michiko y Maiko?

Michiko y Maiko / Japón : _____

d) ¿De dónde es Pierre?

Pierre / Francia : _____

e) ¿De dónde es Luis?

Luis / México : _____

f) ¿De dónde es Sandy?

Sandy / Estados Unidos : _____

g) ¿De dónde es Joao?

Joao / Portugal : _____

h) ¿De dónde son Alan y Mike?

Alan y Mike / Inglaterra : _____

☰ Gramática 文法

西班牙文基本句型為「主詞 + 動詞 + 受詞」。西班牙文的主詞如下：

西班牙文	中文
Yo	我
Tú	你 / 妳
Él / Ella / Usted	他 / 她 / 您
Nosotros / Nosotras	我們 / 我們（指女生）
Vosotros / Vosotras	你們 / 妳們
Ellos / Ellas / Ustedes	他們 / 她們 / 您們

動詞的變化和主詞有分不開的關係。每個人稱（共六個人稱，三個單數和三個複數）有不同的動詞變化，但 Él / Ella / Usted 的變化相同，而 Ellos / Ellas / Ustedes 的變化相同。

以原形動詞的結尾區分，西班牙文規則動詞共分三類：

種類	原形動詞結尾	特性及動詞變化
第一類	以 ar 結尾	去 ar，再依主詞加上字尾變化。 以 estudiar（唸書）現在陳述式為例： Yo estudio Tú estudias Él / Ella / Usted estudia Nosotros / Nosotras estudiamos Vosotros / Vosotras estudiáis Ellos / Ellas / Ustedes estudian
第二類	以 er 結尾	去 er，再依主詞加上字尾變化。 以 comer（吃）現在陳述式為例： Yo como Tú comes Él / Ella / Usted come Nosotros / Nosotras comemos Vosotros / Vosotras coméis Ellos / Ellas / Ustedes comen

種類	原形動詞結尾	特性及動詞變化
第三類	以 ir 結尾	去 ir，再依主詞加上字尾變化。 以 vivir（住）現在陳述式為例： Yo vivo Tú vives Él / Ella / Usted vive Nosotros / Nosotras vivimos Vosotros / Vosotras vivís Ellos / Ellas / Ustedes viven

另外，西班牙文也有不少的不規則動詞。主要不規則動詞的現在陳述式動詞變化如下：

主詞 原形動詞	Yo	Tú	Él / Ella / Usted	Nosotros / Nosotras	Vosotros / Vosotras	Ellos / Ellas / Ustedes
estar 在、是	estoy	estás	está	estamos	estáis	están
hacer 做	hago	haces	hace	hacemos	hacéis	hacen
ir 去	voy	vas	va	vamos	vais	van
saber 知道	sé	sabes	sabe	sabemos	sabéis	saben
ser 是	soy	eres	es	somos	sois	son
tener 有	tengo	tienes	tiene	tenemos	tenéis	tienen
ver 看	veo	ves	ve	vemos	veis	ven
venir 來	vengo	vienes	viene	venimos	venís	vienen

除了以上的動詞之外，西班牙文有另外一種較特別的動詞，叫做反身動詞。目前只需要記得兩個反身動詞，之後此書會解釋這類動詞的特色：

主詞 原形動詞	Yo	Tú	Él / Ella / Usted	Nosotros / Nosotras	Vosotros / Vosotras	Ellos / Ellas / Ustedes
apellidarse 姓	me apellido	te apellidas	se apellida	nos apellidamos	os apellidáis	se apellidan
llamarse 叫	me llamo	te llamas	se llama	nos llamamos	os llamáis	se llaman

西班牙文的受詞通常為形容詞。形容詞都需要根據主詞（名詞）的陰陽性、單複數變化。一般而言，陽性名詞的結尾是「o」，陰性名詞的結尾是「a」，複數名詞的標示是在「o」和「a」後面增加一個「s」。另外，主詞前都需要加冠詞。冠詞也根據主詞（名詞）的陰陽性、單複數有所不同。幾個簡單的例子如下：

1. - El chico es guapo. 這位男孩是帥的。

El － 陽性單數定冠詞。

chico － 陽性單數名詞，這句的主詞。

es － ser（是）現在陳述式第三人稱單數動詞變化。

guapo － 陽性單數形容詞，這句的受詞。

2. - La casa es pequeña. 這個房子是小的。

La － 陰性單數定冠詞。

casa － 陰性單數名詞，這句的主詞。

es － ser（是）現在陳述式第三人稱單數動詞變化。

pequeña － 陰性單數形容詞，這句的受詞。

3. - Los camareros son altos. 這些服務生是高的。

Los － 陽性複數定冠詞。

camareros － 陽性複數名詞，這句的主詞。

son － ser（是）現在陳述式第三人稱複數動詞變化。

altos － 陽性複數形容詞，這句的受詞。

4. - Las mesas son bajas. 這些桌子是矮的。

Las － 陰性複數定冠詞。

mesas － 陰性複數名詞，這句的主詞。

son － ser（是）現在陳述式第三人稱複數動詞變化。

bajas － 陰性複數形容詞，這句的受詞。

　　以上句型皆為肯定句。若需要變成否定句，只需要將副詞「no」（不）放在動詞的前面。例子如下：

1. - El chico no es guapo. 這位男孩不是帥的。

2. - La casa no es pequeña. 這個房子不是小的。

3. - Los camareros no son altos. 這些服務生不是高的。

4. - Las mesas no son bajas. 這些桌子不是矮的。

最後，依據指定或不指定，西班牙文冠詞分成定冠詞和不定冠詞。冠詞均配合使用的名詞（人、事、物）的陰陽性、單複數而有所不同。

定冠詞（指定）

	陽性	陰性	中文
單數	el	la	這個
複數	los	las	這些

不定冠詞（不指定）

	陽性	陰性	中文
單數	un	una	某一個、一個
複數	unos	unas	某一些、一些

✛ Ejercicio 練習題

Completa los huecos con la forma adecuada del verbo entre paréntesis en presente de indicativo:

請填寫現在陳述式適當的動詞變化：

a) Ana _____ (estudiar) español.

b) ¿De dónde _____ (ser) Juan?

c) Nosotros no _____ (hablar) italiano.

d) Vosotros _____ (trabajar) en una oficina.

e) Pedro _____ (apellidarse) López.

f) Yo _____ (llamarse) Carmen.

g) Tú _____ (tener) 18 años.

h) Ellas _____ (ser) de China.

Práctica integrada 綜合練習

1. Responde a las siguientes preguntas:
請回答下列問題：

a) ¿Cómo te llamas?

_____

b) ¿Cómo te apellidas?

_____

c) ¿De dónde eres?

_____

d) ¿Cuántos años tienes?

_____

e) ¿Qué estudias?

_____

f) ¿Qué lenguas hablas?

_____

2. Corrige las siguientes frases (hay un error en cada una):
改錯（每句只有一個錯誤）：

a) Me llama Ana.

_____

b) francia es un país europeo.

_____

c) Cuántos años tienes?

_____

d) Otto habla Alemán.

_____

e) Yo es taiwanés.

_____

f) Él y yo son españoles.

_____

3. Traduce las siguientes oraciones al español:
請將下列句子翻譯成西班牙文：

a) 很高興認識你！

_____

b) 她姓王。

_____

c) 我學西班牙文。

_____

d) 瑞士人會講德文、義大利文和法文。

_____

e) 西班牙籍學生來自馬德里。

_____

f) 英文的老師來自美國。

_____

Unidad 2

Soy estudiante

第二單元：我是學生

學習重點：

Lectura 閱讀	Vocabulario 單詞	Gramática 文法
路易和卡門相遇，問對方職業和夢想。	Profesiones y estudios 職業和學業	動詞 ser

一 Lectura 閱讀

♪ MP3-13

Luis ¡Hola! ¡Buenos días!

Carmen ¡Hola! ¿Qué eres?

Luis Soy estudiante, ¿y tú?

Carmen Yo soy profesora en una escuela de Madrid.

Luis ¿Cómo es tu escuela?

Carmen Mi escuela es pequeña, pero muy acogedora.
Y tú, ¿dónde estudias?

Luis Estudio en la Universidad Autónoma de Madrid.

Carmen ¿Y qué estudias?

Luis Estudio física.

Carmen ¡Qué interesante! ¿Es muy difícil?

Luis Sí, un poco, pero me gusta mucho.

Carmen ¿Y qué quieres ser de mayor?

Luis De mayor quiero ser físico y trabajar en un laboratorio.

Carmen Estoy segura de que con mucho esfuerzo podrás conseguirlo. ¡Ánimo!

Luis ¡Muchas gracias, Carmen! ¡Que tengas un buen día!

Carmen ¡Igualmente! ¡Adiós!

Luis ¡Hasta luego!

Después de leer el diálogo, responde a las preguntas:

讀完對話後，請回答下列問題：

a) ¿Qué es Luis?

_____

b) ¿Qué es Carmen?

_____

c) ¿Dónde estudia Luis?

_____

d) ¿Dónde trabaja Carmen?

_____

e) ¿Qué estudia Luis?

_____

f) ¿Qué quiere ser de mayor Luis?

_____

g) ¿Dónde quiere trabajar de mayor Luis?

_____

h) ¿Cómo se dice " 非常謝謝！" en español?

_____

二 Vocabulario 單詞

✤ Profesiones y estudios 職業和學業

1. Profesiones 職業

♪ MP3-14

Tabla de vocabulario 生詞表		
西班牙文	詞性	中文
Abogado	陽性名詞	律師
Actriz	陰性名詞	女演員
Agricultor	陽性名詞	農夫
Ama de casa	陽性名詞	家庭主婦
Arquitecto	陽性名詞	建築師
Azafata	陰性名詞	空姐
Camarero	陽性名詞	服務生
Cartero	陽性名詞	郵差
Catedrático	陽性名詞	教授
Cura	陽性名詞	神父
Dependiente	陽性名詞	店員
Director	陽性名詞	導演、主任
Empresario	陽性名詞	企業家
Enfermera	陰性名詞	護士
Estudiante	陰陽性名詞	學生
Ingeniero	陽性名詞	工程師
Juez	陽性名詞	法官
Médico	陽性名詞	醫生
Periodista	陰陽性名詞	記者
Policía	陽性名詞	警察
Profesor	陽性名詞	老師
Secretaria	陰性名詞	祕書
Trabajador	陽性名詞	上班族、工人
Veterinario	陽性名詞	獸醫

註：如果職業的詞尾為「-ante」或「-ista」則單詞為陰陽性同形，會以冠詞區分所指人物的陰陽性。例：el estudiante（男學生）、la estudiante（女學生）。

2. Estudios 學業

♪ MP3-15

Tabla de vocabulario 生詞表		
西班牙文	詞性	中文
Administración de Empresas	陰性複數名詞	工商管理學系
Chino	陽性名詞	中國文學系
Contabilidad	陰性名詞	會計學系
Derecho	陽性名詞	法律學系
Drama	陽性名詞	戲劇學系
Economía	陰性名詞	經濟學系
Enfermería	陰性名詞	護理學系
Farmacia	陰性名詞	藥學系
Filosofía	陰性名詞	哲學系
Finanzas	陰性複數名詞	財務金融學系
Física	陰性名詞	物理學系
Fisioterapia	陰性名詞	物理治療學系
Geografía	陰性名詞	地理環境資源學系
Historia	陰性名詞	歷史學系
Ingeniería Eléctrica	陰性名詞	電機工程學系
Ingeniería Mecánica	陰性名詞	機械工程學系
Lenguas Extranjeras	陰性複數名詞	外國語文學系
Matemáticas	陰性複數名詞	數學系
Medicina	陰性名詞	醫學系
Negocios Internacionales	陽性複數名詞	國際企業學系
Política	陰性名詞	政治學系
Psicología	陰性名詞	心理學系
Química	陰性名詞	化學系
Sociología	陰性名詞	社會學系

✚ Ejercicio 練習題

Escribe el nombre de cada profesión debajo de su imagen:

請在圖片下方填入正確的單字：

a) _____ b) _____ c) _____ d) _____

e) _____ f) _____

三 Gramática 文法

✦ 動詞 ser

　　「ser」是西班牙文最重要又最不規則的動詞。「ser」的意思是「是」，像英文的「to be」。ser 的動詞變化如下：

主詞 / 原形動詞	Yo	Tú	Él / Ella / Usted	Nosotros / Nosotras	Vosotros / Vosotras	Ellos / Ellas / Ustedes
ser 是	soy	eres	es	somos	sois	son

ser 的用法如下：

1. 用來表示身分。

　　例 Es Juan.　他是胡安。

2. 用來表示國籍。

　　例 Soy español.　我是西班牙人。

3. 用來表示職業。

　　例 Somos estudiantes.　我們是學生。

4. 用來描述人的外表和個性。

　　例 Ella es alta y simpática.　她是高的和熱情的。

5. 用來表示時間。

　　例 Son las dos en punto de la tarde.　現在下午兩點整。

✦ Ejercicio 練習題

Completa los huecos con la forma adecuada del verbo ser en presente de indicativo:

請填寫動詞 ser 現在陳述式適當的動詞變化：

a) Pedro _____ profesor.

b) Vosotros _____ italianos.

c) Ellos _____ ingleses.

d) Yo _____ taiwanés.

e) Tú _____ estudiante.

f) Ana _____ española.

g) Jaime no _____ periodista.

h) Juan y yo _____ camareros.

四 Práctica integrada 綜合練習

1. Relaciona las profesiones con los lugares de trabajo:
連連看職業和適合的工作場所：

Enfermera ·	· Iglesia 教堂
Camarero ·	· Universidad 大學
Profesora ·	· Restaurante 餐廳
Dependiente ·	· Oficina 辦公室
Secretaria ·	· Escuela 學校
Catedrático ·	· Aeropuerto 機場
Azafata ·	· Tienda 商店
Cura ·	· Hospital 醫院

2. Corrige las siguientes frases (hay un error en cada una):
改錯（每句只有一個錯誤）：

a) ¿De donde son Luis y Jaime?

_____

b) Ella y tú estudian español.

_____

c) La cura trabaja en una iglesia.

_____

d) Carmen hablo francés.

_____

e) Sofía y Ana somos enfermeras.

_____

f) ¿Qué Juan estudia?

_____

3. Traduce las siguientes oraciones al español:

請將下列句子翻譯成西班牙文：

a) 你從事什麼？

_____

b) 醫生在醫院工作。

_____

c) 他是教授。

_____

d) 我們是臺灣人，但馬里奧是西班牙人。

_____

e) 他主修歷史學系。

_____

f) 我們不是服務生。

_____

¿Dónde está la escuela?

第三單元：學校在哪裡呢？

學習重點：

Lectura 閱讀	Vocabulario 單詞	Gramática 文法
彼得剛來到臺北讀書，問安娜怎麼到 ABC 大學。安娜介紹了臺北捷運，並告訴彼得她也在 ABC 大學讀書。	Lugares públicos 公共場所	· 動詞 estar · 動詞 hay

Lectura 閱讀

MP3-16

Pedro ¡Hola! ¿Dónde está la Universidad Nacional ABC?

Ana ¡Buenos días! La Universidad Nacional ABC está en la Ciudad de Taipei.

Pedro ¡Gracias! Vivo un poco lejos, en la Nueva Ciudad de Taipei.

Ana ¡No pasa nada! El metro de Taipei es muy cómodo. Hay muchas estaciones de metro y es fácil moverse en metro entre la Nueva Ciudad de Taipei y la Ciudad de Taipei para llegar a la Universidad Nacional ABC.

Pedro ¿Cómo lo sabes? ¿Estudias en esa universidad?

Ana Sí, soy estudiante de segundo curso de derecho en la Universidad Nacional ABC, ¿y tú?

Pedro Acabo de terminar el bachillerato en un instituto de mi ciudad natal, la Ciudad de Kaohsiung, y ahora vivo en la Nueva Ciudad de Taipei con otros dos amigos. Este año voy a empezar la carrera de política en la Universidad Nacional ABC. ¿Cómo es el campus?

Ana El campus de la Universidad Nacional ABC es muy grande y bonito. En el campus hay muchos edificios.

Pedro ¡Genial! ¡Tengo muchas ganas de empezar a estudiar en la Universidad Nacional ABC! ¡Gracias por toda la información, Ana!

Ana ¡De nada, Pedro!

Después de leer el diálogo, responde a las preguntas:

讀完對話後，請回答下列問題：

a) ¿Dónde está la Universidad Nacional ABC?

_____

b) ¿Dónde vive Pedro?

_____

c) ¿Qué estudia Ana?

_____

d) ¿Dónde estudia Ana?

_____

e) ¿De dónde es Pedro?

_____

f) ¿Cómo es el campus de la Universidad Nacional ABC?

_____

g) ¿Qué hay en el campus de la Universidad Nacional ABC?

_____

h) ¿Cómo se dice " 太棒了！ " en español?

_____

二 Vocabulario 單詞

✦ Lugares públicos 公共場所

Tabla de vocabulario 生詞表		
西班牙文	詞性	中文
Aparcamiento / Parking	陽性名詞	停車場
Ayuntamiento	陽性名詞	市政府、市政廳
Banco	陽性名詞	銀行、長條椅
Bar	陽性名詞	酒吧、小吃店
Biblioteca	陰性名詞	圖書館
Calle	陰性名詞	街道
Centro comercial	陽性名詞	購物中心
Cine	陽性名詞	電影院
Edificio	陽性名詞	建築物、大樓
Escuela	陰性名詞	學校
Estación de metro	陰性名詞	捷運站
Farmacia	陰性名詞	藥局
Hospital	陽性名詞	醫院
Hotel	陽性名詞	飯店
Iglesia	陰性名詞	教堂
Librería	陰性名詞	書店
Museo	陽性名詞	博物館
Oficina de correos	陰性名詞	郵局
Parada de autobús	陰性名詞	公車站牌
Parque	陽性名詞	公園
Plaza	陰性名詞	廣場
Restaurante	陽性名詞	餐廳
Supermercado	陽性名詞	超級市場
Tienda	陰性名詞	商店
Universidad	陰性名詞	大學

✚ Ejercicio 練習題

Escribe el nombre de cada lugar debajo de su imagen:

請在圖片下方填入正確的單字：

a) _____ b) _____ c) _____ d) _____

e) _____ f) _____

三 Gramática 文法

✤（一）動詞 estar

estar 有兩個意思：有時候是「是」，有時候是「在」。estar 的動詞變化如下：

主詞 / 原形動詞	Yo	Tú	Él / Ella / Usted	Nosotros / Nosotras	Vosotros / Vosotras	Ellos / Ellas / Ustedes
estar 是 / 在	estoy	estás	está	estamos	estáis	están

estar 的用法如下：

1. 用來表示暫時的狀態。

    例 La clase está limpia. 教室是乾淨的。

2. 用來表示婚姻或單身狀態。

    例 Estoy soltero. 我單身。

3. 用來表示身分、所在位置。

    例 Estamos en la universidad. 我們在大學裡。

如果用 estar 表示所在位置，也可以搭配不少表示位置的介系詞，主要如下：delante de（在～的前面）、detrás de（在～的後面）、debajo de（在～的下面）、encima de（在～的上面）、en el centro de（在～中間）、a la izquierda de（在～左邊）、a la derecha de（在～右邊）、dentro de（在～裡面）、fuera de（在～之外）、entre... y...（在～和～的中間）、al lado de（在～旁邊）、enfrente de（在～對面）和 en（在～上面；在～裡面）。

✤（二）動詞 hay

hay 的意思為「有」。這個 hay 是無人稱的有，像英文的「there is / there are」。在現在式這個時態中，此動詞無變化。

hay 的用法如下：

用來表示某一個地方（無人稱的句子）有什麼。

例 En la clase hay muchos estudiantes. 在教室裡有很多學生。

另外，hay 後面不能接定冠詞（el、la、los、las），只能用不定冠詞（un、una、unos、unas）、表達數量的單位詞（muchos、bastantes、pocos）、數字或直接用名詞，請大家注意。

例 En la clase hay un profesor. 在教室裡有一位老師。

✤ Ejercicio 練習題

Completa los huecos con la forma adecuada del verbo estar en presente de indicativo:

請填寫動詞 estar 現在陳述式適當的動詞變化：

a) Tú _____ delante de la oficina de correos.

b) Vosotros _____ en la plaza.

c) Ellos _____ casados.

d) Jaime _____ cansado.

e) Yo _____ en la universidad.

f) Nosotros no _____ en el banco.

g) La parada del autobús _____ muy cerca del hospital.

h) La clase _____ sucia.

Práctica integrada 綜合練習

1. Completa los huecos con la forma adecuada del verbo ser, estar o hay en presente de indicativo:

請填寫動詞 ser、estar 或 hay 現在陳述式適當的動詞變化：

a) En la universidad _____ muchos edificios.

b) Ella _____ soltera.

c) Nosotros _____ taiwaneses.

d) Mario _____ profesor.

e) Ellos _____ en la biblioteca.

f) En el bar _____ un camarero.

2. Corrige las siguientes frases (hay un error en cada una):

改錯（每句只有一個錯誤）：

a) Estoy español.

_____

b) En la oficina hay la secretaria.

_____

c) Hay no estudiantes en la escuela.

_____

d) La biblioteca es lejos del banco.

_____

e) Juan y yo somos solteros.

_____

f) El museo está en frente del ayuntamiento.

_____

3. Traduce las siguientes oraciones al español:

請將下列句子翻譯成西班牙文：

a) 我住在新北市。

_____

b) 胡安在超市裡。

_____

c) 我們在餐廳旁。

_____

d) 醫院裡有很多護士。

_____

e) 我是政治系二年級的學生。

_____

f) 路易莎已婚。

_____

MEMO

Unidad 4

¿Qué tal estás?

第四單元：你好嗎？

學習重點：

Lectura 閱讀	Vocabulario 單詞	Gramática 文法
路易和卡門聊天，談到了路易認識的男孩。路易敘述了男孩和自己的外貌和個性。	Descripción de personas 人的描述	疑問代名詞：Qué（什麼）、Cómo（如何、怎樣）、Dónde（哪裡）、Cuándo（什麼時候）、Por qué（為什麼）、Quién / quiénes（誰）、Cuál / cuáles（哪個）、Cuánto / cuánta（多少）、Cuántos / cuántas（多少）

Lectura 閱讀

🎵 MP3-18

Luis ¡Hola, Carmen! ¡Cuánto tiempo! ¿Qué tal estás?

Carmen Muy bien, gracias, ¿y tú, cómo estás?

Luis Así así, hoy estoy un poco cansado.

Carmen ¡Vaya! Por cierto, ¿quién es ese chico?

Luis Es mi amigo Jaime.

Carmen ¿Cómo es Jaime?

Luis Como ves, Jaime no es ni alto ni bajo, es delgado, tiene el pelo corto y rizado y tiene los ojos grandes. Además, es muy simpático e inteligente.

Carmen Parece un buen chico. ¿Y tú, cómo eres?

Luis Yo soy alto, un poco gordo, tengo el pelo largo y liso, los ojos pequeños y llevo gafas. También soy muy simpático y amable.

Carmen La verdad es que tu amigo y tú sois bastante distintos, pero los dos sois muy buenas personas.

Luis ¡Gracias por el cumplido, Carmen! ¡Que vaya todo bien!

Carmen ¡Igualmente! ¡Hasta luego!

Luis ¡Adiós!

Después de leer el diálogo, responde a las preguntas:

讀完對話後，請回答下列問題：

a) ¿Qué tal está Carmen?

_____

b) ¿Cómo está Luis?

_____

c) ¿Quién es Jaime?

_____

d) ¿Cómo es Jaime?

_____

e) ¿Cómo es Luis?

_____

f) ¿Es Luis simpático?

_____

g) ¿Cómo son los dos?

_____

h) ¿Cómo se dice " 謝謝你的讚美！ " en español?

_____

註：西班牙文的「你好嗎？」有三種說法：「¿Cómo estás?」（正式）、「¿Qué tal estás?」（一般）、「¿Qué tal?」（非正式）。回答時可以用某個副詞簡單表達你的狀態，主要的如下：

(Estoy) fenomenal. 我真好。	(Estoy) muy bien. 我很好。
(Estoy) bien. 我還好。	(Estoy) así así. 我馬馬虎虎。
(Estoy) regular. 我馬馬虎虎。	(Estoy) mal. 我不好。
(Estoy) muy mal. 我很不好。	(Estoy) fatal. 我很糟。

二 Vocabulario 單詞

✢ Descripción de personas 人的描述

♪ MP3-19

Tabla de vocabulario 生詞表		
西班牙文	詞性	中文
Apariencia física	陰性名詞	外表
Alto	形容詞	高
Bajo	形容詞	矮
Delgado	形容詞	瘦
Gordo	形容詞	胖
Feo	形容詞	醜
Guapo	形容詞	帥
Pelo	陽性名詞	頭髮
Rubio	形容詞	金髮
Castaño	形容詞	棕色頭髮
Corto	形容詞	短
Largo	形容詞	長
Liso	形容詞	直髮
Rizado	形容詞	捲髮
Ojo	陽性名詞	眼睛
Grande	形容詞	大
Pequeño	形容詞	小
Carácter	陽性名詞	個性
Antipático	形容詞	不熱情
Simpático	形容詞	熱情
Inteligente	形容詞	聰明
Tonto	形容詞	笨
Amable	形容詞	禮貌
Cariñoso	形容詞	可愛、體貼
Serio	形容詞	嚴肅

Ejercicio 練習題

Escribe el opuesto de las siguientes palabras:

請填寫下列單字的相反字：

a) Alto: ______________________________

b) Delgado: ______________________________

c) Feo: ______________________________

d) Grande: ______________________________

e) Antipático: ______________________________

f) Tonto: ______________________________

三 Gramática 文法

✿ Pronombres interrogativos 疑問代名詞

疑問代名詞可以用來問問題。西班牙文的疑問代名詞如下：

疑問代名詞				
不會變化	會變化			
Qué	陽性單數	陰性單數	陽性複數	陰性複數
Cómo	Quién	Quién	Quiénes	Quiénes
Dónde	Cuál	Cuál	Cuáles	Cuáles
Cuándo	Cuánto	Cuánta	Cuántos	Cuántas
Por qué*				

*Por qué 不算一般的疑問代名詞，因為是由介系詞 por 和疑問代名詞 qué 構成。

1. Qué（什麼）(what)

疑問代名詞「Qué」是用來詢問事情。回答用 Qué 問的問題時，都需要一個定義或説明。

例 ¿Qué eres? 你從事什麼工作？

Soy estudiante. 我是學生。

2. Cómo（如何、怎樣）(how)

疑問代名詞「Cómo」是用來詢問某事或某人的特徵或性質。

例 ¿Cómo eres? 你看起來如何？

Soy alto y simpático. 我又高又熱情。

3. Dónde（哪裡）(where)

疑問代名詞「Dónde」是用來詢問某個地點。

例 ¿Dónde vives? 你住在哪裡？

Vivo en Taipei. 我住在臺北。

4. Cuándo（什麼時候）(when)

疑問代名詞「Cuándo」是用來詢問某段時間。

例 ¿Cuándo estudias español? 你什麼時候學西班牙文？

Estudio español los lunes y los miércoles. 我週一和週三學西班牙文。

5. Por qué（為什麼）(why)

疑問代名詞「Por qué」是用來詢問某事的原因或理由。

例 ¿Por qué estudias español?　你為什麼學西班牙文？

Porque es muy fácil.　因為很簡單。

6. Quién, quiénes（誰）(who)

疑問代名詞「Quién」、「Quiénes」是用來詢問某人是誰。

例 ¿Quién es esta chica?　這位女孩是誰？

Es Juana.　是胡安娜。

7. Cuál, cuáles（哪個）(which)

疑問代名詞「Cuál」、「Cuáles」是用來詢問事情。回答「Cuál」、「Cuáles」的問題時，都需要從某一個限定範圍中選擇單一或複數個選項。

例 ¿Cuál es tu clase favorita?　你最喜歡哪門課？

Mi clase favorita es la clase de español.　我最喜歡是西班牙文課。

8. Cuánto, cuánta（多少）(how much)

疑問代名詞「Cuánto」、「Cuánta」是用來詢問不可數名詞的數量。

例 ¿Cuánto cuesta este libro?　這本書多少錢？

Cuesta cinco euros.　這本書五歐。

9. Cuántos, cuántas（多少）(how many)

疑問代名詞「Cuántos」、「Cuántas」是用來詢問可數名詞的數量。

例 ¿Cuántos años tienes?　你幾歲？

Tengo 18 años.　我十八歲。

✤ Ejercicio 練習題

Completa con el pronombre interrogativo más apropiado:

請填寫適當的疑問代名詞：

---

a) ¿ _____ amigos tiene María?

María tiene muchos amigos.

b) ¿ _____ es su clase favorita?

Su clase favorita es la clase de español.

c) ¿ _____ estudias?

Estudio filosofía.

d) ¿ _____ estudias?

Estudio en la Universidad Nacional ABC.

e) ¿De _____ es Isabel?

Isabel es taiwanesa, de Taichung.

f) ¿ _____ es Rafael?

Rafael es inteligente y simpático.

g) ¿ _____ son ellos?

Son Marta y Juan.

h) ¿ _____ cuesta este abrigo?

Cuesta 1.000 nuevos dólares de Taiwán.

四 Práctica integrada 綜合練習

1. Describe a las siguientes personas:

請描述下列兩人：

a) _____   b) _____

_____   _____

_____   _____

_____

2. Corrige las siguientes frases (hay un error en cada una):

改錯（每句只有一個錯誤）：

a) Tengo el pelo castaña.

_____

b) Soy alta ni baja.

_____

c) Pedro es muy simpatico.

_____

d) Los ojos de Ana son grande.

_____

e) ¿Qué es tu deporte favorito?

_____

f) ¿Quién son ellos?

_____

3. Traduce las siguientes oraciones al español:

請將下列句子翻譯成西班牙文：

a) 我高和胖。

_____

b) 他們聰明和嚴肅。

_____

c) 我有短髮。

_____

d) －你在哪裡？－我在大學裡。

_____

e) －你為什麼學西班牙文？－因為很實用。

_____

f) －你好嗎？－我很好。

_____

Unidad 5

Hoy es lunes

第五單元：今天是星期一

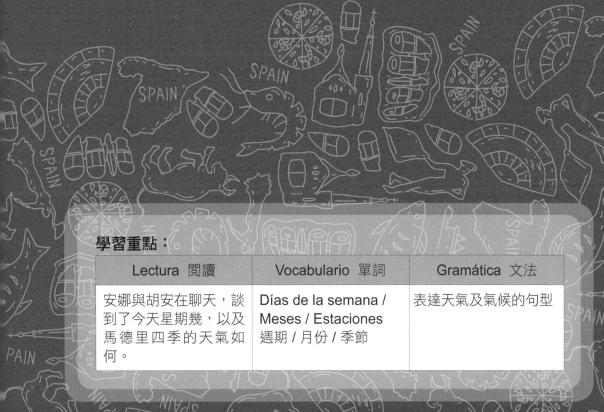

學習重點：

Lectura 閱讀	Vocabulario 單詞	Gramática 文法
安娜與胡安在聊天,談到了今天星期幾,以及馬德里四季的天氣如何。	Días de la semana / Meses / Estaciones 週期 / 月份 / 季節	表達天氣及氣候的句型

一 Lectura 閱讀

🔊 MP3-20

Ana Juan, ¿qué día es hoy?

uan Hoy es lunes, ¿por qué preguntas?

Ana Otra vez lunes…

Juan ¡Ánimo, Ana!

Ana ¿Qué tiempo hace hoy en Madrid?

uan Hoy hace sol y calor.

Ana ¿Y qué temperatura hace?

Juan 32 grados centígrados. En verano hace mucho calor en España.

Ana Sí, hay temperaturas muy altas en toda la Península Ibérica.

uan Aquí, en Madrid, hace mucho calor en verano y mucho frío en invierno.

Ana Y en el norte de España, en tu ciudad natal, ¿cómo es el clima en verano?

uan En las costas del norte no hace ahora tanto calor. Tienen un clima más fresco y llueve mucho.

Ana Y en primavera y en otoño, ¿qué tiempo hace en Madrid?

Juan En primavera y en otoño el tiempo es muy agradable en Madrid. En primavera hace sol, pero a veces llueve y hace mucho viento. En otoño hace bueno casi todos los días.

Ana ¡Comprendo! ¡Muchas gracias, Juan!

Juan ¡De nada, Ana!

Después de leer el diálogo, responde a las preguntas:

讀完對話後，請回答下列問題：

a) Según el texto, ¿qué día es hoy?

_____

b) ¿Qué tiempo hace hoy en Madrid?

_____

c) ¿Qué temperatura hace hoy en Madrid?

_____

d) ¿Dónde está España?

_____

e) ¿Cómo es el clima en verano en las costas del norte de España?

_____

f) ¿Qué tiempo hace en Madrid en primavera?

_____

g) ¿Qué tiempo hace en Madrid en otoño?

_____

h) ¿Cómo se dice " 我瞭解了！" en español?

_____

二 Vocabulario 單詞

⊕ Días de la semana / Meses / Estaciones
週期 / 月份 / 季節

Tabla de vocabulario 生詞表		
西班牙文	詞性	中文
Día	陽性名詞	日、天
Semana	陰性名詞	週
Lunes	陽性名詞	週一
Martes	陽性名詞	週二
Miércoles	陽性名詞	週三
Jueves	陽性名詞	週四
Viernes	陽性名詞	週五
Sábado	陽性名詞	週六
Domingo	陽性名詞	週日
Mes	陽性名詞	月
Enero	名詞（無需冠詞）	一月
Febrero	名詞（無需冠詞）	二月
Marzo	名詞（無需冠詞）	三月
Abril	名詞（無需冠詞）	四月
Mayo	名詞（無需冠詞）	五月
Junio	名詞（無需冠詞）	六月
Julio	名詞（無需冠詞）	七月
Agosto	名詞（無需冠詞）	八月
Septiembre	名詞（無需冠詞）	九月
Octubre	名詞（無需冠詞）	十月
Noviembre	名詞（無需冠詞）	十一月
Diciembre	名詞（無需冠詞）	十二月
Estación	陰性名詞	季節
Primavera	陰性名詞	春天

Tabla de vocabulario　生詞表		
西班牙文	詞性	中文
Verano	陽性名詞	夏天
Otoño	陽性名詞	秋天
Invierno	陽性名詞	冬天

註：除非為開頭，西班牙文的週期、月份和季節皆不需用大寫。

✦ Ejercicio　練習題

Responde a las siguientes preguntas:

請回答下列問題：

（請依照現況回答）

a) ¿Qué día es hoy?

_____

b) ¿En qué mes estamos?

_____

c) ¿En qué estación estamos?

_____

d) ¿Cuántos días tiene una semana?

_____

e) ¿Cuántos meses tiene un año?

_____

f) ¿Cuántas estaciones tiene un año?

_____

三 Gramática 文法

✤ Expresiones para hablar del tiempo y del clima
表達天氣及氣候的句型

1. 陽性名詞前都用 hace

Hace buen tiempo / Hace bueno（天氣好、好天氣）、

Hace mal tiempo / Hace malo（天氣不好、壞天氣）

Hace calor（天氣熱）、Hace fresco（天氣涼爽）、Hace frío（天氣冷）、

Hace sol（太陽大）、Hace viento（起風）

2. 陰性名詞前都用 hay

Hay tormenta（暴風雨、雷雨）、Hay niebla（起霧）

3. 形容詞前都用 está

Está soleado, está despejado（出太陽）、Está nublado（有雲）

Llueve（下雨）（原形動詞：Llover）、Nieva（下雪）（原形動詞：Nevar）、

Graniza（下冰雹）（原形動詞：Granizar）

El sol（太陽）、La nube（雲）、La niebla（霧）、La lluvia（雨）、La nieve（雪）、

El granizo（冰雹）、El viento（風）、El aire（空氣）、

La tormenta（暴風雨、雷雨）、El cielo（天空）、El clima（氣候）、

El tiempo（天氣）、La temperatura（溫度）

✤ Ejercicio 練習題

Elige la palabra adecuada y completa las frases:
選擇適當的單字來填空：

---

a) ¿(Llueve / Lluvia) _____ mucho en México?

b) Nunca (nieve / nieva) _____ en Marruecos.

c) (Hay / hace) _____ una gran tormenta en el norte de Europa.

d) En el sur de España casi siempre (hace / está) _____ calor.

e) Hoy hace bastante (frío / fría) _____ en Madrid.

f) (Hace / hay) _____ mucha niebla en la montaña.

Práctica integrada 綜合練習

1. Escribe el nombre de cada fenómeno meteorológico debajo de su imagen:

請在圖片下方填入正確的單字：

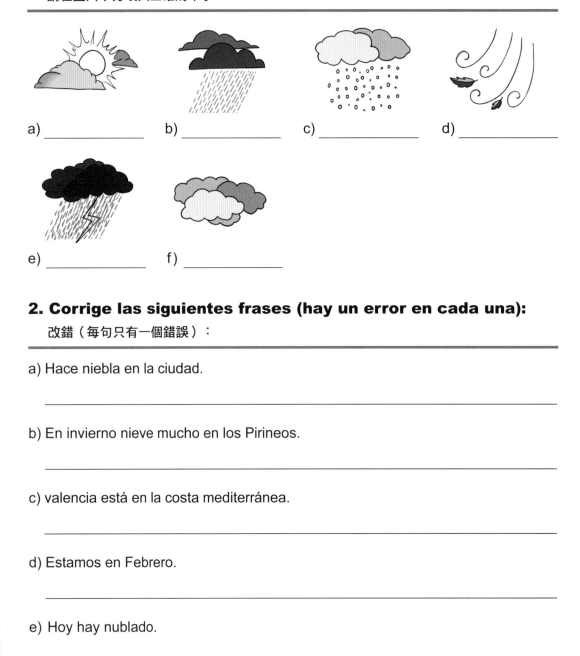

a) _____

b) _____

c) _____

d) _____

e) _____

f) _____

2. Corrige las siguientes frases (hay un error en cada una):

改錯（每句只有一個錯誤）：

a) Hace niebla en la ciudad.

_____

b) En invierno nieve mucho en los Pirineos.

_____

c) valencia está en la costa mediterránea.

_____

d) Estamos en Febrero.

_____

e) Hoy hay nublado.

_____

f) Ahora está frío en Zaragoza.

_____

3. Traduce las siguientes oraciones al español:

請將下列句子翻譯成西班牙文：

a) 今天有起霧。

_____

b) 馬德里正在下雨。

_____

c) 賽維利亞通常很熱。

_____

d) 西班牙北部天氣涼爽。

_____

e) 墨西哥有時候下冰雹。

_____

f) 今天風很大。

_____

MEMO

Unidad
6

Estudio en casa

第六單元：我在家裡唸書

學習重點：

Lectura 閱讀	Vocabulario 單詞	Gramática 文法
安娜與胡安談到了家裡的房間配置，以及家裡有哪些家具。	Habitaciones y muebles de la casa 家裡的房間和家具	「–ar」動詞

一 Lectura 閱讀

Ana ¡Hola, Juan! ¿Dónde estudias normalmente?

Juan Normalmente estudio en la biblioteca, ¿y tú?

Ana Estudio en casa.

Juan ¡Ah! ¿Dónde está tu casa?

Ana Mi casa está muy cerca de la universidad.

Juan ¿Cómo es tu casa?

Ana Mi casa es bastante pequeña, pero muy agradable.

Juan ¿Cuántas habitaciones hay en tu casa?

Ana En mi casa hay seis habitaciones.

Juan ¿Qué habitaciones hay en tu casa?

Ana En mi casa hay una cocina, dos dormitorios, un salón, un comedor y un cuarto de baño.

Juan ¿Qué muebles hay en el salón de tu casa?

Ana En el salón de mi casa hay un sofá, un sillón, una mesa y cuatro sillas.

Juan Una última pregunta: ¿dónde está la mesa?

Ana La mesa está entre el sofá y el sillón.

Juan ¡Perfecto! Ahora ya tengo una idea sobre tu casa. ¡A ver cuándo me invitas!

Ana ¡Ya veremos! ¡Que vaya bien, Juan!

Juan ¡Igualmente, Ana!

Después de leer el diálogo, responde a las preguntas:

讀完對話後，請回答下列問題：

a) ¿Dónde estudia normalmente Juan?

_____

b) ¿Dónde está la casa de Ana?

_____

c) ¿Cómo es su casa?

_____

d) ¿Cuántas habitaciones hay en su casa?

_____

e) ¿Qué habitaciones hay en su casa?

_____

f) ¿Qué muebles hay en el salón de su casa?

_____

g) ¿Dónde está la mesa?

_____

h) ¿Cómo se dice " 再說吧！ " en español?

_____

二 Vocabulario 單詞

✤ Habitaciones y muebles de la casa
家裡的房間和家具

♪ MP3-23

Tabla de vocabulario　生詞表		
西班牙文	詞性	中文
Casa	陰性名詞	房子、家
Piso	陽性名詞	公寓
Habitación	陰性名詞	房間
Cocina	陰性名詞	廚房
Comedor	陽性名詞	飯廳
Cuarto de baño	陽性名詞	廁所
Dormitorio	陽性名詞	臥室
Salón	陽性名詞	客廳
Terraza	陰性名詞	陽台
Mueble	陽性名詞	家具
Armario	陽性名詞	櫃子、衣櫃
Cama	陰性名詞	床
Cocina eléctrica	陰性名詞	電爐
Ducha	陰性名詞	蓮蓬頭
Espejo	陽性名詞	鏡子
Estantería	陰性名詞	書櫃
Frigorífico	陽性名詞	冰箱
Horno	陽性名詞	烤箱
Lavabo	陽性名詞	洗手台
Lavadora	陰性名詞	洗衣機
Lavaplatos / Lavavajillas	陽性名詞	洗碗機
Mesa	陰性名詞	桌子
Mesilla	陰性名詞	床頭櫃
Microondas	陽性名詞	微波爐

Tabla de vocabulario 生詞表		
西班牙文	詞性	中文
Puerta	陰性名詞	門
Silla	陰性名詞	椅子
Sillón	陽性名詞	扶手椅
Sofá	陽性名詞	沙發
Váter / Wáter / Inodoro	陽性名詞	馬桶
Ventana	陰性名詞	窗

✤ Ejercicio 練習題

Escribe el nombre de cada mueble debajo de su imagen:

請在圖片下方填入正確的單字：

a) _____ b) _____ c) _____ d) _____

e) _____ f) _____

三 Gramática 文法

✛ Verbos en –ar 「–ar」動詞

　　西班牙文動詞的變化和主詞有分不開的關係。每個人稱（共六個人稱，三個單數和三個複數）有不同的動詞變化，但 Él / Ella / Usted（他 / 她 / 您）的變化相同，而 Ellos / Ellas / Ustedes（他們 / 她們 / 您們）的變化相同。

　　以原形動詞的結尾區分，西班牙文規則動詞共分三類。這個單元我們來學第一類，即所謂的「–ar」動詞。「–ar」規則動詞之動詞變化如下：

「–ar」動詞		
種類	原形動詞結尾	特性及動詞變化
第一類	以 ar 結尾	去 ar，再依主詞加上字尾變化。 以 estudiar（唸書）現在陳述式為例： Yo estudio Tú estudias Él / Ella / Usted estudia Nosotros / Nosotras estudiamos Vosotros / Vosotras estudiáis Ellos / Ellas / Ustedes estudian

原形動詞：estudiar（唸書）		
人稱	西班牙文動詞變化	中文翻譯
第一人稱單數	estudio	我唸書
第二人稱單數	estudias	你 / 妳唸書
第三人稱單數	estudia	他 / 她 / 您唸書
第一人稱複數	estudiamos	我們唸書
第二人稱複數	estudiáis	你們 / 妳們唸書
第三人稱複數	estudian	他們 / 她們 / 您們唸書

註：因每個人稱有不同的動詞變化，西班牙文會盡量省略人稱代名詞（yo、tú、él / ella / usted、nosotros / nosotras、vosotros / vosotras、ellos / ellas / ustedes）。

西班牙文裡有不少「–ar」規則動詞，這些動詞的動詞變化跟 estudiar（唸書）的變化相同。主要的如下：

alquilar（租）、ayudar（幫助、幫忙）、bailar（跳舞）、buscar（找）、cantar（唱歌）、cenar（吃晚餐）、cocinar（煮飯）、comprar（買）、desayunar（吃早餐）、descansar（休息）、escuchar（聽）、estudiar（唸書、學）、hablar（說）、llevar（帶、戴、穿）、pasear（散步）、tocar（摸、彈）、tomar（拿、吃、喝）、trabajar（工作）、usar（使用）、visitar（拜訪）

另外，「–ar」動詞有六個頗重要的不規則動詞，這六個不規則動詞的變化如下：

不規則的「–ar」動詞						
主詞 / 原形動詞	Yo	Tú	Él / Ella / Usted	Nosotros / Nosotras	Vosotros / Vosotras	Ellos / Ellas / Ustedes
cerrar 關	cierro	cierras	cierra	cerramos	cerráis	cierran
contar 數、講	cuento	cuentas	cuenta	contamos	contáis	cuentan
empezar 開始	empiezo	empiezas	empieza	empezamos	empezáis	empiezan
estar 在、是	estoy	estás	está	estamos	estáis	están
jugar 玩	juego	juegas	juega	jugamos	jugáis	juegan
pensar 想	pienso	piensas	piensa	pensamos	pensáis	piensan

✦ Ejercicio 練習題

Completa los huecos con la forma adecuada del verbo entre paréntesis en presente de indicativo:

請填寫現在陳述式適當的動詞變化：

a) Tú _____ (trabajar) en una escuela.

b) Yo _____ (tocar) el piano.

c) Ellos _____ (desayunar) en casa.

d) Juan y yo _____ (jugar) mucho con nuestros amigos.

e) Vosotros _____ (hablar) chino, inglés y un poco de español.

f) Isabel _____ (comprar) en el supermercado.

g) Nosotras _____ (descansar) los domingos.

h) Yo _____ (cocinar) comida española.

四 Práctica integrada 綜合練習

1. Responde a las siguientes preguntas:
請回答下列問題：

a) ¿Dónde está tu casa?

_____

Unidad
6

b) ¿Cómo es tu casa?

_____

c) ¿Cuántas habitaciones hay en tu casa?

_____

d) ¿Qué habitaciones hay en tu casa?

_____

e) ¿Qué muebles hay en la cocina de tu casa?

_____

f) ¿Dónde está el sofá?

_____

2. Corrige las siguientes frases (hay un error en cada una):
改錯（每句只有一個錯誤）：

a) Tú alquilo un piso.

_____

b) Pedro y Juan cantamos en el karaoke.

_____

c) Ellos visitas a sus padres los fines de semana.

_____

d) Yo normalmente cenó en casa.

_____

e) Ana bailan muy bien.

_____

f) Nosotros ayudáis a los demás.

_____

3. Traduce las siguientes oraciones al español:
請將下列句子翻譯成西班牙文：

a) 他在學校裡工作。

_____

b) 我幫助其他人。

_____

c) 我們通常在家裡吃晚餐。

_____

d) 他週日休息。

_____

e) 他們不會説日文。

_____

f) 你們唱歌不好。

_____

Unidad 7

Como en un restaurante

第七單元：我在餐廳吃飯

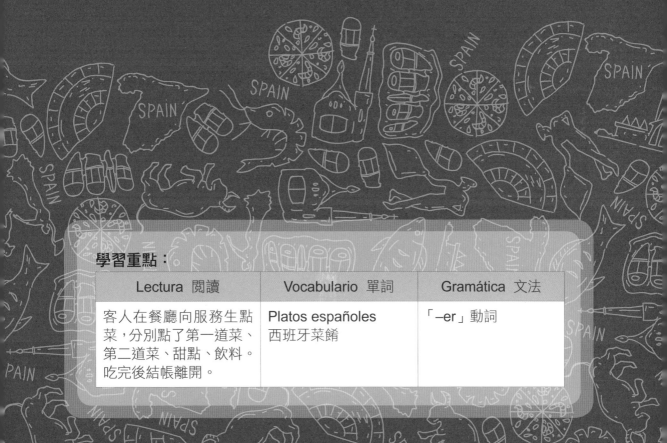

學習重點：

Lectura 閱讀	Vocabulario 單詞	Gramática 文法
客人在餐廳向服務生點菜，分別點了第一道菜、第二道菜、甜點、飲料。吃完後結帳離開。	Platos españoles 西班牙菜餚	「–er」動詞

一 Lectura 閱讀

Camarero ¡Buenas tardes! ¿Qué va a tomar de primero?

Cliente De primero, lentejas con chorizo.

Camarero ¿Y de segundo?

Cliente De segundo, filete de ternera con patatas.

Camarero ¡Excelente elección! ¿Y para beber?

Cliente Vino tinto, por favor.

(Media hora más tarde)

Camarero ¿Qué tal todo?

Cliente Todo está muy bueno, gracias.

Camarero ¿Qué quiere tomar de postre?

Cliente Natillas.

Camarero ¿Cafés o infusiones?

Cliente Un café solo, por favor.

(15 minutos más tarde)

Cliente Por favor, ¿me trae la cuenta?

Camarero Sí, aquí tiene.

Cliente Pagaré en efectivo.

Camarero ¡De acuerdo! ¡Sin ningún problema!

Cliente Aquí tiene. ¡Muchas gracias!

Camarero ¡Gracias a usted! ¡Hasta luego!

Después de leer el diálogo, responde a las preguntas:

讀完對話後，請回答下列問題：

a) ¿Dónde come?

_____

b) ¿Qué quiere tomar de primero?

_____

c) ¿Qué quiere tomar de segundo?

_____

d) ¿Qué quiere tomar para beber?

_____

e) ¿Qué quiere tomar de postre?

_____

f) ¿Toma café?

_____

g) ¿Cómo paga?

_____

h) ¿Cómo se dice " 沒問題！ " en español?

_____

二 Vocabulario 單詞

✛ Platos españoles 西班牙菜餚

♪ MP3-25

Tabla de vocabulario 生詞表		
西班牙文	詞性	中文
Primer plato	陽性名詞	第一道菜（前菜）
Cocido de garbanzos	陽性名詞	鷹嘴豆燉肉湯
Ensalada mixta	陰性名詞	綜合沙拉
Gazpacho	陽性名詞	西班牙冷湯
Guisantes con jamón	陽性複數名詞	火腿豌豆
Lentejas con chorizo	陰性複數名詞	西班牙臘腸小扁豆
Migas	陰性複數名詞	炒麵包屑
Paella	陰性名詞	西班牙燉飯
Sopa	陰性名詞	湯
Segundo plato	陽性名詞	第二道菜（主菜）
Albóndigas	陰性複數名詞	肉丸
Chuleta de cerdo	陰性名詞	豬排
Cochinillo asado	陽性名詞	烤乳豬
Costillas de cordero	陰性複數名詞	羊肋排
Filete de ternera con patatas	陽性名詞	牛排佐馬鈴薯
Merluza a la romana	陰性名詞	炸鱈魚
Pechugas de pollo a la plancha	陰性複數名詞	嫩煎雞胸肉
Pulpo a la gallega	陽性名詞	加利西亞風味章魚
Tortilla de patata	陰性名詞	西班牙馬鈴薯蛋餅
Postre	陽性名詞	甜點
Arroz con leche	陽性名詞	米布丁
Flan	陽性名詞	布丁
Helado	陽性名詞	冰淇淋
Natillas	陰性複數名詞	卡士達
Yogur	陽性名詞	優酪乳

✦ Ejercicio 練習題

Escribe el nombre de cada comida debajo de su imagen:

請在圖片下方填入正確的單字：

a) _____

b) _____

c) _____

d) _____

e) _____

f) _____

三 Gramática 文法

✤ Verbos en –er 「–er」動詞

動詞的變化和主詞有分不開的關係。每個人稱（共六個人稱，三個單數和三個複數）有不同的動詞變化，但 Él / Ella / Usted（他 / 她 / 您）的變化相同，而 Ellos / Ellas / Ustedes（他們 / 她們 / 您們）的變化相同。

以原形動詞的結尾區分，西班牙文規則動詞共分三類。這個單元我們來學第二類，所謂的「–er」動詞。「–er」規則動詞之動詞變化如下：

「–er」動詞		
種類	原形動詞結尾	特性及動詞變化
第二類	以 er 結尾	去 er，再依主詞加上字尾變化。 以 comer（吃）現在陳述式為例： Yo como Tú comes Él / Ella / Usted come Nosotros / Nosotras comemos Vosotros / Vosotras coméis Ellos / Ellas / Ustedes comen

原形動詞：comer（吃）		
人稱	西班牙文動詞變化	中文翻譯
第一人稱單數	como	我吃
第二人稱單數	comes	你 / 妳吃
第三人稱單數	come	他 / 她 / 您吃
第一人稱複數	comemos	我們吃
第二人稱複數	coméis	你們 / 妳們吃
第三人稱複數	comen	他們 / 她們 / 您們吃

有不少「–er」規則動詞，這些動詞的動詞變化跟 comer（吃）的變化相同。主要的如下：

aprender（學習）、beber（喝）、comer（吃）、comprender（懂、理解）、correr（跑步）、deber（欠）、leer（閱讀）、responder（回答、回覆）、romper（破壞）、vender（賣）

另外，「–er」動詞有十個頗重要的不規則動詞，這十個不規則動詞的變化如下：

不規則的「–er」動詞						
主詞 / 原形動詞	Yo	Tú	Él / Ella / Usted	Nosotros / Nosotras	Vosotros / Vosotras	Ellos / Ellas / Ustedes
creer 覺得	creo	crees	cree	creemos	creéis	creen
hacer 做	hago	haces	hace	hacemos	hacéis	hacen
poder 能、可以	puedo	puedes	puede	podemos	podéis	pueden
poner 放	pongo	pones	pone	ponemos	ponéis	ponen
querer 想要	quiero	quieres	quiere	queremos	queréis	quieren
saber 知道	sé	sabes	sabe	sabemos	sabéis	saben
ser 是	soy	eres	es	somos	sois	son
tener 有	tengo	tienes	tiene	tenemos	tenéis	tienen
ver 看	veo	ves	ve	vemos	veis	ven
volver 回	vuelvo	vuelves	vuelve	volvemos	volvéis	vuelven

⊕ Ejercicio 練習題

Completa los huecos con la forma adecuada del verbo entre paréntesis en presente de indicativo:

請填寫現在陳述式適當的動詞變化：

a) Nosotros _____ (hacer) los deberes.

b) Yo _____ (tener) 18 años.

c) Ellos _____ (leer) mucho.

d) Elisa y yo _____ (beber) un café.

e) Vosotros _____ (aprender) a tocar la guitarra.

f) Tú _____ (vender) fruta en el supermercado.

g) Usted _____ (comprender) todo muy bien.

h) Luis _____ (saber) la verdad.

Práctica integrada 綜合練習

1. Clasifica las siguientes palabras según su significado:

請將以下單字依照語義分類：

| Chuleta de cerdo | Arroz con leche | Lentejas con chorizo | Natillas |

| Cocido de garbanzos | Helado | Sopa | Pechugas de pollo a la plancha |

Primer plato	Segundo plato	Postre

2. Corrige las siguientes frases (hay un error en cada una):

改錯（每句只有一個錯誤）：

a) Ana y Juan corremos por el parque.

_____

b) Ellos debe dinero en la tienda.

_____

c) No se cómo responder a esta pregunta.

_____

d) Yo haco los deberes todos los días.

_____

e) Nosotros bebéis agua.

_____

f) Tú es muy inteligente.

_____

Unidad
7

3. Traduce las siguientes oraciones al español:

請將下列句子翻譯成西班牙文：

a) 安娜回答老師的問題。

_____

b) 我在超市欠二十歐。

_____

c) 你看不清楚。

_____

d) 第一道菜我想要吃西班牙燉飯。

_____

e) 第二道菜我想要吃炸鱈魚。

_____

f) 甜點我想要吃米布丁。

_____

Vivo en Taipei

第八單元：我住在臺北

學習重點：

Lectura 閱讀	Vocabulario 單詞	Gramática 文法
卡門和路易談論到他們住在哪條路上，意外發現卡門住在路易的祖父母家附近。	Familia 家庭成員	「–ir」動詞

一 Lectura 閱讀

♪ MP3-26

Carmen ¡Hola, Luis! ¿Dónde está tu casa?

Luis ¡Hola, Carmen! Mi casa está lejos de la universidad.

Carmen ¿Dónde vives?

Luis Vivo en la Avenida Baoping.

Carmen ¿Y dónde está exactamente la Avenida Baoping?

Luis En el distrito de Yonghe, en la Nueva Ciudad de Taipei.

Carmen Entonces vivimos un poco lejos el uno del otro.

Luis ¡Vaya! ¿Dónde vives tú?

Carmen Yo vivo muy cerca de la universidad, en la Avenida Heping Este, sección 1.

Luis ¡Ah! ¿Entonces vives en la Ciudad de Taipei, no?

Carmen ¡Sí! En el distrito de Daan.

Luis ¿En qué numero de la Avenida Heping Este?

Carmen En el número 150, ¿por qué?

Luis Porque mis abuelos viven en esa misma calle.

Carmen ¡Qué coincidencia! Pues ya sabes, cuando tengas tiempo puedes venir a visitarme.

Luis ¡Así lo haré! ¡Gracias por la invitación, Carmen!

Carmen ¡De nada, Luis! ¡Hasta pronto!

Luis ¡Hasta luego!

Después de leer el diálogo, responde a las preguntas:
讀完對話後，請回答下列問題：

a) ¿Está cerca de la universidad la casa de Luis?

_____

b) ¿Dónde vive Luis?

_____

c) ¿Y Carmen?

_____

d) ¿En qué número vive Carmen?

_____

e) ¿Quiénes viven también en la Avenida Heping Este?

_____

f) ¿Invita Carmen a Luis a hacerle una visita?

_____

g) ¿Acepta Luis la invitación?

_____

h) ¿Cómo se dice " 好巧！ " en español?

_____

二 Vocabulario 單詞

✦ Familia 家庭成員

Tabla de vocabulario 生詞表		
西班牙文	詞性	中文
Abuela	陰性名詞	奶奶、外婆
Abuelo	陽性名詞	爺爺、外公
Hermana	陰性名詞	姊妹
Hermana mayor	陰性名詞	姊姊
Hermana menor	陰性名詞	妹妹
Hermano	陽性名詞	兄弟
Hermano mayor	陽性名詞	哥哥
Hermano menor	陽性名詞	弟弟
Hermanos	陽性複數名詞	兄弟姊妹
Hija	陰性名詞	女兒
Hijo	陽性名詞	兒子
Hijos	陽性複數名詞	兒女
Madre	陰性名詞	母親
Mamá	陰性名詞	媽媽
Marido / Esposo	陽性名詞	丈夫
Mujer / Esposa	陰性名詞	妻子
Nieta	陰性名詞	孫女
Nieto	陽性名詞	孫子
Padre	陽性名詞	父親
Padres	陽性複數名詞	父母
Papá	陽性名詞	爸爸
Prima	陰性名詞	表姊 / 妹、堂姊 / 妹
Primo	陽性名詞	表兄 / 弟、堂兄 / 弟
Sobrina	陰性名詞	姪女
Sobrino	陽性名詞	姪子

Tabla de vocabulario　生詞表		
西班牙文	詞性	中文
Tía	陰性名詞	阿姨、姑姑
Tío	陽性名詞	伯伯、叔叔

✢ Ejercicio　練習題

Completa los huecos con el miembro de la familia adecuado:

請填寫適當的家庭成員：

a) El padre de mi madre es mi _____.

b) El hijo de mis padres es mi _____.

c) La madre de mi padre es mi _____.

d) El hijo de mis abuelos es mi _____.

e) El hermano de mi padre es mi _____.

f)　La hija de mis abuelos es mi _____.

g) La hermana de mi madre es mi _____.

h) La mujer de mi padre es mi _____.

三 Gramática 文法

✜ Verbos en –ir 「–ir」動詞

　　動詞的變化和主詞有分不開的關係。每個人稱（共六個人稱，三個單數和三個複數）有不同的動詞變化，但 Él / Ella / Usted（他 / 她 / 您）的變化相同，而 Ellos / Ellas / Ustedes（他們 / 她們 / 您們）的變化相同。

　　以原形動詞的結尾區分，西班牙文規則動詞共分三類。這個單元我們來學第三類，所謂的「–ir」動詞。「–ir」規則動詞之動詞變化如下：

「–ir」動詞		
種類	原形動詞結尾	特性及動詞變化
第三類	以 ir 結尾	去 ir，再依主詞加上字尾變化。 以 vivir（住）現在陳述式為例： Yo vivo Tú vives Él / Ella / Usted vive Nosotros / Nosotras vivimos Vosotros / Vosotras vivís Ellos / Ellas / Ustedes viven

原形動詞：vivir（住）		
人稱	西班牙文動詞變化	中文翻譯
第一人稱單數	vivo	我住
第二人稱單數	vives	你 / 妳住
第三人稱單數	vive	他 / 她 / 您住
第一人稱複數	vivimos	我們住
第二人稱複數	vivís	你們 / 妳們住
第三人稱複數	viven	他們 / 她們 / 您們住

有不少「–ir」規則動詞，這些動詞的詞尾動詞變化跟 vivir（住）的變化相同。主要的如下：

abrir（開）、añadir（加）、compartir（分享）、decidir（決定）、describir（描述）、escribir（寫）、recibir（收）、subir（登高）、sufrir（受苦）、vivir（住）

　　另外，「–ir」動詞有六個頗重要的不規則動詞，這六個不規則動詞的變化如下：

不規則的「–ir」動詞						
主詞 / 原形動詞	Yo	Tú	Él / Ella / Usted	Nosotros / Nosotras	Vosotros / Vosotras	Ellos / Ellas / Ustedes
conducir 開車	conduzco	conduces	conduce	conducimos	conducís	conducen
decir 說	digo	dices	dice	decimos	decís	dicen
elegir 選擇	elijo	eliges	elige	elegimos	elegís	eligen
ir 去	voy	vas	va	vamos	vais	van
pedir 請求、點餐	pido	pides	pide	pedimos	pedís	piden
venir 來	vengo	vienes	viene	venimos	venís	vienen

Unidad
8

✪ Ejercicio 練習題

Completa los huecos con la forma adecuada del verbo entre paréntesis en presente de indicativo:

請填寫現在陳述式適當的動詞變化：

a) Nosotros _____ (compartir) piso.

b) Yo _____ (ir) al restaurante.

c) Ellos _____ (venir) de la oficina de correos.

d) Luis y yo _____ (subir) las escaleras.

e) Vosotros siempre _____ (decidir) lo mejor para todos.

f) Tú _____ (escribir) muchas cartas.

g) Ana _____ (abrir) la puerta.

h) Ustedes _____ (describir) muy bien la situación.

四 Práctica integrada 綜合練習

1. Describe las relaciones familiares que muestra el árbol genealógico:

請描述下列家庭樹顯示的家庭關係：

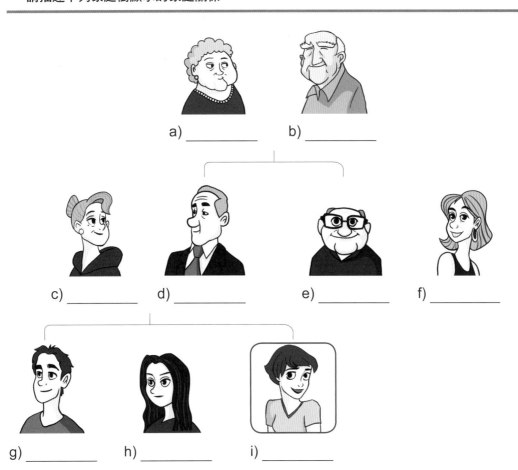

a) _____   b) _____

c) _____   d) _____   e) _____   f) _____

g) _____   h) _____   i) _____

2. Corrige las siguientes frases (hay un error en cada una):

改錯（每句只有一個錯誤）：

a) Luis y Jaime vive en la Nueva Ciudad de Taipei.

_____

b) Yo veno siempre a clase.

_____

Unidad
8

c) Tú no escribe bien.

_____

d) Nosotros subimos a montaña todos los fines de semana.

_____

e) Vosotros recibis muchas cartas.

_____

f) Yo voi a la universidad en metro.

_____

3. Traduce las siguientes oraciones al español:
請將下列句子翻譯成西班牙文：

a) 我爸爸的弟弟是我叔叔。

_____

b) 彼得住在高雄市。

_____

c) 我們不住在西班牙。

_____

d) 他們每週日去看電影。

_____

e) 他媽媽受很多苦。

_____

f) 胡安開門。

_____

Unidad 9

¿Qué hora es?

第九單元：現在幾點？

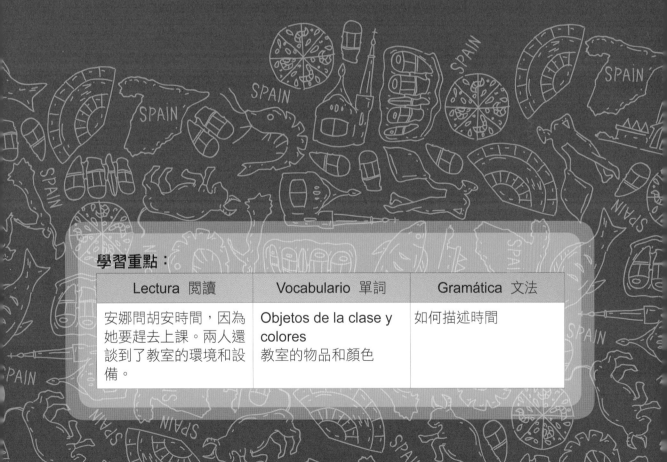

學習重點：

Lectura 閱讀	Vocabulario 單詞	Gramática 文法
安娜問胡安時間，因為她要趕去上課。兩人還談到了教室的環境和設備。	Objetos de la clase y colores 教室的物品和顏色	如何描述時間

Lectura 閱讀

Ana ¡Hola, Juan! ¿Qué hora es?

Juan ¡Hola, Ana! Son las nueve y media de la mañana.

Ana ¡Qué tarde! Tengo clase a las diez y veinte de la mañana en la universidad.

Juan ¿Cómo vas a la universidad?

Ana Voy en metro.

Juan El metro es rápido y cómodo. Además, es muy barato, un billete cuesta entre 16 y 40 nuevos dólares de Taiwán.

Ana Sí, eso creo yo también. Y tú, ¿tienes clase hoy?

Juan Sí, tengo clase por la tarde.

Ana ¿Desde qué hora hasta qué hora?

Juan Desde la una y veinte hasta las cinco y veinte de la tarde.

Ana ¿Cómo es tu clase?

Juan Mi clase es grande y nueva.

Ana ¿Y qué hay en tu clase?

Juan En mi clase hay muchas mesas y sillas, una pizarra, tizas de diferentes colores, bastantes borradores y un mapa del mundo.

Ana ¡Qué envidia! Mi clase es pequeña y vieja, y no hay tantas cosas como en la tuya.

Juan A lo mejor el próximo semestre estás en otra clase, no te preocupes.

Ana ¡Eso espero! Bueno, Juan, voy a coger el metro para ir a la universidad. ¡Que tengas un buen día! ¡Hasta luego!

Juan ¡Igualmente, Ana! ¡Adiós!

Unidad

9

Después de leer el diálogo, responde a las preguntas:
讀完對話後，請回答下列問題：

a) ¿Qué hora es?

_____

b) ¿Cómo va Ana a la universidad?

_____

c) ¿Cómo es el metro?

_____

d) ¿Cuánto cuesta un billete de metro?

_____

e) ¿Cuál es el horario de clase de Juan?

_____

f) ¿Cómo es la clase de Juan?

_____

g) ¿Qué hay en su clase?

_____

h) ¿Cómo se dice " 好羨慕！" en español?

_____

二 Vocabulario 單詞

Objetos de la clase y colores 教室的物品和顏色

1. Objetos de la clase 教室的物品

♪ MP3-29

Tabla de vocabulario 生詞表		
西班牙文	詞性	中文
Apuntes	陽性複數名詞	筆記、講義
Bolígrafo	陽性名詞	原子筆
Borrador	陽性名詞	板擦
Calculadora	陰性名詞	計算機
Calendario	陽性名詞	月曆
Clase	陰性名詞	教室、科目
Cuaderno	陽性名詞	筆記本
Diccionario	陽性名詞	字典
Estuche	陽性名詞	鉛筆盒
Goma de borrar	陰性名詞	橡皮擦
Lápiz	陽性名詞	鉛筆
Libro	陽性名詞	書本
Libro de texto	陽性名詞	課本
Mapa	陽性名詞	地圖
Mochila	陰性名詞	背包
Objeto	陽性名詞	物品
Papel	陽性名詞	紙
Papelera	陰性名詞	垃圾桶
Pegamento	陽性名詞	膠水
Pizarra	陰性名詞	黑板、白板
Regla	陰性名詞	尺

Tabla de vocabulario 生詞表		
西班牙文	詞性	中文
Sacapuntas	陽性名詞	削鉛筆機
Tablón de anuncios	陽性名詞	公佈欄
Tijera	陰性名詞	剪刀
Tiza	陰性名詞	粉筆

2. Colores 顏色

♪ MP3-30

Tabla de vocabulario 生詞表		
西班牙文	詞性	中文
Amarillo	形容詞	黃色
Azul	形容詞	藍色
Beige / Beis	形容詞	膚色
Blanco	形容詞	白色
Claro	形容詞	淺色
Gris	形容詞	灰色
Marrón	形容詞	咖啡色
Naranja	形容詞	橘色
Negro	形容詞	黑色
Oscuro	形容詞	深色
Rojo	形容詞	紅色
Rosa	形容詞	粉紅色
Verde	形容詞	綠色
Violeta	形容詞	紫色

註：如果顏色的結尾為「-o」，該形容詞的陰陽性和單複數都要變化，如 blanco（陽性單數）、blanca（陰性單數）、blancos（陽性複數）、blancas（陰性複數），但如果結尾為 -o 之外的母音或子音，該形容詞只需要變單複數，如 naranja、naranja、naranjas、naranjas 或 azul、azul、azules、azules。

✪ Ejercicio 練習題

Escribe el nombre de cada objeto debajo de su imagen:

請在圖片下方填入正確的單字：

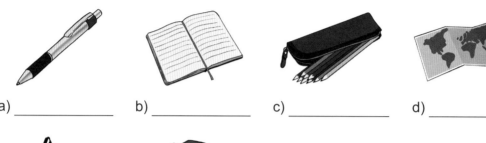

a) _____

b) _____

c) _____

d) _____

e) _____

f) _____

三 Gramática 文法

✦ Hora 時間

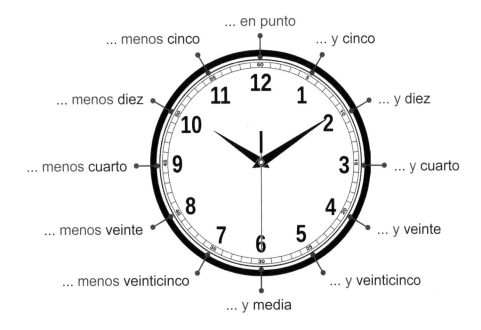

　　依照時鐘插圖，西班牙文表達時間的方式分兩種：（1）從整點到半（三十分）會用加法的方式；（2）從三十一分到五十九分會用減法的方式。舉例如下：

· 8:00: Son las ocho en punto de la mañana. 現在早上八點整。

· 8:15: Son las ocho y cuarto de la mañana. 現在早上八點十五分。

· 8:25: Son las ocho y veinticinco de la mañana. 現在早上八點二十五分。

· 8:30: Son las ocho y media de la mañana. 現在早上八點三十分。

· 8:40: Son las nueve menos veinte de la mañana.
　現在早上八點四十分（差二十分鐘就九點）。

· 8:45: Son las nueve menos cuarto de la mañana.
　現在早上八點四十五分（差十五分鐘就九點）。

✪ Ejercicio 練習題

Escribe las siguientes horas en español:

請將下列時間寫成西班牙文：

a) 7:25 _____

b) 10:45 _____

c) 12:00 _____

d) 13:30 _____

e) 14:50 _____

f) 17:15 _____

g) 20:05 _____

h) 23:35 _____

四 Práctica integrada 綜合練習

1. ¿Para qué se usan los siguientes objetos? Completa los huecos con el infinitivo correspondiente:

請問下列物品的用途為何？請用原形動詞填空：

a) El bolígrafo se usa para _____.

b) La goma de borrar se usa para _____.

c) La tijera se usa para _____.

d) La tiza se usa para _____.

e) El pegamento se usa para _____.

f) La calculadora se usa para _____.

2. Corrige las siguientes frases (hay un error en cada una):

改錯（每句只有一個錯誤）：

a) Son la una y media de la tarde.

_____

b) Son las nueve menos cuarto de la tarde.

_____

c) Qué hora es?

_____

d) Mi color favorito es el naranjo.

_____

e) Estos bolígrafos son azuls.

_____

f) En el estuche hay dos lápizes.

_____

3. Traduce las siguientes oraciones al español:

請將下列句子翻譯成西班牙文：

a) 教室裡有十五支原子筆、十八支鉛筆、十七個橡皮擦和十六個削鉛筆機。

_____

b) 現在是早上十點四十五分。

_____

c) 我最喜歡的顏色是綠色。

_____

d) 他搭公車去醫院。

_____

e) 你的筆記是很完整的。

_____

f) 祝你有個美好的一天。

_____

Unidad
10

Todas las mañanas me ducho y me afeito

第十單元：我每天早上洗澡和刮鬍子

學習重點：

Lectura 閱讀	Vocabulario 單詞	Gramática 文法
卡門和路易談到了每天早上出門前會做的事情，最後兩人約晚上一起吃晚餐。	Ropa, calzado y complementos 衣服、鞋子和配件	反身動詞

Lectura 閱讀

Carmen ¡Hola, Luis! ¿Qué haces todas las mañanas antes de ir a trabajar?

Luis ¡Hola, Carmen! Todas las mañanas me ducho y me afeito en casa antes de ir a trabajar.

Carmen ¿A qué hora empiezas a trabajar?

Luis Empiezo a trabajar a las ocho y media de la mañana, ¿y tú?

Carmen Yo empiezo a trabajar a las nueve en punto de la mañana, pero me levanto muy pronto, a las seis y media.

Luis ¿Por qué?

Carmen Porque necesito mucho tiempo para desayunar y elegir la ropa.

Luis ¿Y cuál es tu prenda de ropa favorita?

Carmen Mi prenda de ropa favorita son los pantalones largos. Son muy cómodos y elegantes.

Luis ¡Estoy de acuerdo! Oye, Carmen, ¿a qué hora terminas de trabajar hoy?

Carmen Termino de trabajar a las seis en punto de la tarde, como siempre.

Luis Si quieres, podemos cenar juntos en ese acogedor restaurante japonés que está cerca de tu escuela.

Carmen ¡Hecho! Nos vemos a las seis y media de la tarde en el restaurante, ¿vale?

Luis ¡Perfecto! ¡Hasta la tarde!

Carmen ¡Hasta luego!

Después de leer el diálogo, responde a las preguntas:

讀完對話後，請回答下列問題：

a) ¿Qué hace Luis todas las mañanas antes de ir a trabajar?

_____

b) ¿A qué hora empieza Luis a trabajar?

_____

c) ¿A qué hora se levanta Carmen?

_____

d) ¿Por qué se levanta pronto Carmen?

_____

e) ¿Cuál es la prenda de ropa favorita de Carmen?

_____

f) ¿A qué hora termina Carmen de trabajar?

_____

g) ¿Qué le propone Luis?

_____

h) ¿Cómo se dice " 一言為定！ " en español?

_____

二 Vocabulario 單詞

✤ Ropa, calzado y complementos 衣服、鞋子和配件

♪ MP3-32

Tabla de vocabulario 生詞表		
西班牙文	詞性	中文
Abrigo	陽性名詞	外套
Bolso	陽性名詞	包包
Bragas	陰性複數名詞	女性內褲
Bufanda	陰性名詞	圍巾
Calcetines	陽性複數名詞	襪子
Calzoncillos	陽性複數名詞	男性內褲
Camisa	陰性名詞	襯衫
Camisa de manga corta	陰性名詞	短袖襯衫
Camisa de manga larga	陰性名詞	長袖襯衫
Camiseta	陰性名詞	T 恤
Chanclas	陰性複數名詞	拖鞋
Chándal	陽性名詞	運動服
Chaqueta	陰性名詞	夾克
Cinturón	陽性名詞	皮帶
Corbata	陰性名詞	領帶
Deportivas	陰性複數名詞	運動鞋
Falda	陰性名詞	裙子
Jersey	陽性名詞	毛衣
Pantalones cortos	陽性複數名詞	短褲
Pantalones largos	陽性複數名詞	長褲
Pantalones vaqueros	陽性複數名詞	牛仔褲

Tabla de vocabulario 生詞表		
西班牙文	詞性	中文
Sandalias	陰性複數名詞	涼鞋
Traje	陽性名詞	西裝
Vestido	陽性名詞	洋裝
Zapatos	陽性複數名詞	鞋子

✦ Ejercicio 練習題

Escribe el nombre de cada prenda de ropa debajo de su imagen:
請在圖片下方填入正確的單字：

a) _____ b) _____ c) _____ d) _____

e) _____ f) _____

≡ Gramática 文法

✦ Verbos reflexivos 反身動詞

　　反身動詞是西班牙文比較特殊的動詞。反身的意思是動詞的動作回到動作者本身。反身動詞原形為「動詞 + se」，規則反身動詞之動詞變化如下：

原形動詞：lavarse（洗）		
人稱	西班牙文動詞變化	中文翻譯
第一人稱單數	me lavo	我洗
第二人稱單數	te lavas	你 / 妳洗
第三人稱單數	se lava	他 / 她 / 您洗
第一人稱複數	nos lavamos	我們洗
第二人稱複數	os laváis	你們 / 妳們洗
第三人稱複數	se lavan	他們 / 她們 / 您們洗

　　有不少規則反身動詞，這些動詞的動詞變化跟 lavarse（洗）的變化相同。主要的如下：

afeitarse（刮鬍子）、bañarse（泡澡）、despertarse（醒來）、ducharse（洗澡）、levantarse（起床、起來）、maquillarse（化妝）、peinarse（梳頭）、quedarse（留、待）、quitarse（脫）、secarse（弄乾）

　　另外，反身動詞有一個頗重要的不規則動詞，這個不規則動詞的變化如下：

主詞 / 原形動詞	Yo	Tú	Él / Ella / Usted	Nosotros / Nosotras	Vosotros / Vosotras	Ellos / Ellas / Ustedes
acostarse 上床	me acuesto	te acuestas	se acuesta	nos acostamos	os acostáis	se acuestan

✪ Ejercicio 練習題

Completa los huecos con la forma adecuada del verbo entre paréntesis en presente de indicativo:

請填寫現在陳述式適當的動詞變化：

a) Nosotros _____ (levantarse) pronto todos los días.

b) Yo _____ (ducharse) por las noches.

c) Ellos _____ (lavarse) los dientes tres veces al día.

d) Ana y yo _____ (acostarse) tarde.

e) Vosotras _____ (maquillarse) mucho.

f) Tú _____ (afeitarse) dos veces a la semana.

g) Luis _____ (quitarse) la chaqueta.

h) El niño _____ (peinarse) en el baño.

Unidad
10

四 Práctica integrada 綜合練習

1. Clasifica las siguientes palabras según su significado:

請將以下單字依照語義分類：

| Camisa | Zapatos | Camiseta | Cinturón |

| Deportivas | Corbata | Sandalias | Vestido |

Ropa	Calzado	Complementos

2. Corrige las siguientes frases (hay un error en cada una):

改錯（每句只有一個錯誤）：

a) Empezamos trabajar a las ocho y cuarto de la mañana.

_____

b) Ana siempre se qita la chaqueta en la oficina.

_____

c) Me no peino por las tardes.

_____

d) Todos los días Pedro se acosta a las once y media de la noche.

_____

e) Juan y Jaime llevan un chandal de marca.

_____

f) Si tienes tiempo, puedo estudiar español juntos.

_____

3. Traduce las siguientes oraciones al español:

請將下列句子翻譯成西班牙文：

a) 他們下午五點半下班。

_____

b) 我不會很晚上床。

_____

c) 他最喜歡的配件是皮帶。

_____

d) 今天中午我們可以一起吃午餐，好嗎？

_____

e) 我們每天晚上洗澡。

_____

f) 這雙鞋子很貴。

_____

Unidad
11

Me gusta estudiar español

第十一單元：我喜歡學西班牙文

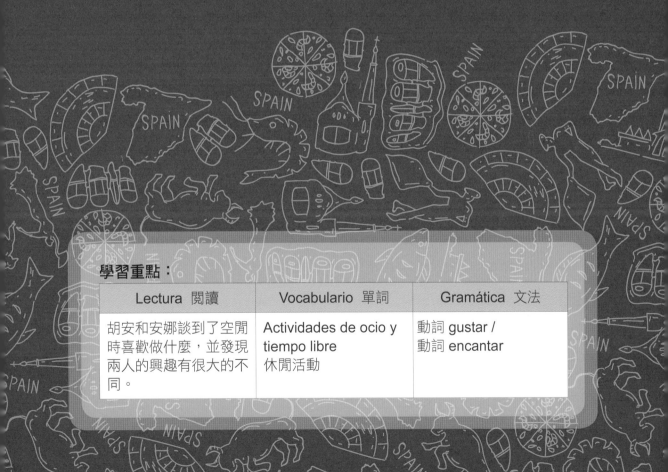

學習重點：

Lectura 閱讀	Vocabulario 單詞	Gramática 文法
胡安和安娜談到了空閒時喜歡做什麼，並發現兩人的興趣有很大的不同。	Actividades de ocio y tiempo libre 休閒活動	動詞 gustar / 動詞 encantar

一 Lectura 閱讀

Juan ¡Hola, Ana! ¿Qué te gusta hacer en tu tiempo libre?

Ana ¡Hola, Juan! Pues en mi tiempo libre me gusta estudiar español.

Juan ¿Sí? ¿Por qué?

Ana Porque el español es una lengua muy útil e interesante.

Juan ¡Estoy de acuerdo! Y además de estudiar español, ¿qué actividades de ocio te gustan?

Ana Me gusta escuchar música, hacer deporte, ir al cine y jugar al baloncesto, ¿y a ti?

Juan Pues a mí me gusta jugar al fútbol, ver la televisión, ir a la montaña y navegar por Internet.

Ana ¿Te gusta tocar algún instrumento musical?

Juan Sí, me gusta tocar el piano, ¿y a ti?

Ana A mí no, a mí me gusta tocar la guitarra.

Juan ¿Y te gusta ir a conciertos?

Ana Me gusta más ir al teatro.

Juan Parece que tenemos gustos bastante diferentes.

Ana Bueno, como dice el refrán, en la variedad está el gusto.

Después de leer el diálogo, responde a las preguntas:

讀完對話後，請回答下列問題：

a) ¿Por qué estudia Ana español?

_____

b) ¿Qué actividades de ocio le gustan a Ana?

_____

c) ¿Y a Juan?

_____

d) ¿Qué instrumento musical le gusta tocar a Juan?

_____

e) ¿Le gusta tocar a Ana el piano?

_____

f) ¿Qué le gusta más a Ana: ir a conciertos o ir al teatro?

_____

g) ¿Tienen Juan y Ana los mismos gustos o gustos diferentes?

_____

h) ¿Cómo se dice " 多樣化是生活的調味料 " en español?

_____

二 Vocabulario 單詞

✥ Actividades de ocio y tiempo libre 休閒活動

🎵 MP3-34

Tabla de vocabulario 生詞表	
西班牙文	中文
Chatear con amigos	跟朋友聊天
Escuchar la radio	聽收音機
Escuchar música	聽音樂
Hacer deporte	做運動
Ir a conciertos	去音樂會
Ir a la montaña	去爬山
Ir a la playa	去沙灘
Ir al campo	去鄉下
Ir al cine	去看電影
Ir al teatro	去看戲
Ir de compras	去購物
Ir de copas	去喝一杯
Ir de viaje / Viajar	去旅遊
Jugar al baloncesto	打籃球
Jugar al fútbol	踢足球
Leer novelas	看小說
Montar a caballo	騎馬
Montar en bicicleta	騎腳踏車
Navegar por Internet	上網
Salir con amigos	跟朋友出去
Tocar el piano	彈鋼琴
Tocar la guitarra	彈吉他

Tabla de vocabulario 生詞表	
西班牙文	中文
Ver exposiciones	看展覽
Ver la televisión	看電視
Ver películas	看電影

✢ Ejercicio 練習題

Escribe el nombre de cada actividad debajo de su imagen:

請在圖片下方填入正確的單字：

a) _____ b) _____ c) _____ d) _____

e) _____ f) _____

三 Gramática 文法

✦ Verbo gustar / Verbo encantar 動詞 gustar / 動詞 encantar

gustar（喜歡）和 encantar（熱愛）是西班牙文特別的動詞，跟一般的動詞或反身動詞都不同。一般來講，西班牙文動詞變化都有不同結尾，但這兩個特別的動詞的變化架構為「間接受詞（me、te、le、nos、os、les）+ 動詞變化（動詞第三人稱）」。

這兩個動詞不是用人稱代名詞（yo、tú、él、nosotros、vosotros、ellos），而是用上述的間接受詞。另外，動詞變化只有兩個狀態（動詞第三人稱單複數），使用單數或複數，要看後面的單詞來判斷：如果動詞後面的單詞是單數名詞或原形動詞，會用「gusta」或「encanta」，如果動詞後面的單詞是複數名詞，會用「gustan」或「encantan」。這個兩個動詞的動詞變化和相關例子如下：

原形動詞：gustar（喜歡）		
人稱	西班牙文動詞變化	中文翻譯
第一人稱單數	me gusta / me gustan	我喜歡
第二人稱單數	te gusta / te gustan	你 / 妳喜歡
第三人稱單數	le gusta / le gustan	他 / 她 / 您喜歡
第一人稱複數	nos gusta / nos gustan	我們喜歡
第二人稱複數	os gusta / os gustan	你們 / 妳們喜歡
第三人稱複數	les gusta / les gustan	他們 / 她們 / 您們喜歡

原形動詞：encantar（熱愛）		
人稱	西班牙文動詞變化	中文翻譯
第一人稱單數	me encanta / me encantan	我熱愛
第二人稱單數	te encanta / te encantan	你 / 妳熱愛
第三人稱單數	le encanta / le encantan	他 / 她 / 您熱愛
第一人稱複數	nos encanta / nos encantan	我們熱愛
第二人稱複數	os encanta / os encantan	你們 / 妳們熱愛
第三人稱複數	les encanta / les encantan	他們 / 她們 / 您們熱愛

．Me gusta estudiar español. 我喜歡學西班牙文。

．Te gustan los niños. 你喜歡小孩們。

．Le gusta tocar el piano. 他喜歡彈鋼琴。

．Nos gusta la comida española. 我們喜歡西班牙菜。

．Os gustan las corbatas. 你們喜歡領帶。

．Les gusta montar a caballo. 他們喜歡騎馬。

以上為 gustar（喜歡）動詞變化的例子，encantar（熱愛）動詞變化相同。如果為否定句，只需要將一個 no（不）放在間接受詞前面，例子如下：

．No me gusta estudiar español. 我不喜歡學西班牙文。

．No te gustan los niños. 你不喜歡小孩們。

．No le gusta tocar el piano. 他不喜歡彈鋼琴。

．No nos gusta la comida española. 我們不喜歡西班牙菜。

．No os gustan las corbatas. 你們不喜歡領帶。

．No les gusta montar a caballo. 他們不喜歡騎馬。

如果我們要強調喜歡的程度，gustar（喜歡）後面可以加一個副詞，分別為 mucho（多）、bastante（相當）、poco（少）和 nada（一點都不），例子如下：

．Me gusta mucho estudiar español. 我很喜歡學西班牙文。

．Te gustan bastante los niños. 你相當喜歡小孩們。

．No le gusta nada tocar el piano. 他一點都不喜歡彈鋼琴。

．Nos gusta poco la comida española. 我們不太喜歡西班牙菜。

．Os gustan bastante las corbatas. 你們相當喜歡領帶。

．No les gusta nada montar a caballo. 他們一點都不喜歡騎馬。

Unidad
11

encantar（熱愛）的用法跟 gustar（喜歡）相同，但有兩個不同的地方：encantar（熱愛）不能用在否定句也不能加一個副詞在後面，例子如下：

· Me encanta estudiar español. 我熱愛學西班牙文。

· Me gusta mucho estudiar español. 我很喜歡學西班牙文。

· No me gusta nada estudiar español. 我一點都不喜歡學西班牙文。

最後，在對話中，表達同樣或不同愛好或喜好可以用 también（也）、tampoco（也不）、sí（是）或 no（不），例子如下：

對話 1

A: Me gusta estudiar español, ¿y a ti? 我喜歡學西班牙文，那你呢？

B: A mí también. 我也喜歡。

對話 2

A: Me gusta estudiar español, ¿y a ti? 我喜歡學西班牙文，那你呢？

B: A mí no. 我不喜歡。

對話 3

A: No me gusta estudiar español, ¿y a ti? 我不喜歡學西班牙文，那你呢？

B: A mí tampoco. 我也不喜歡。

對話 4

A: No me gusta estudiar español, ¿y a ti? 我不喜歡學西班牙文，那你呢？

B: A mí sí. 我喜歡。

因短短的回答都會省略動詞，間接受詞要改成無動詞的說法，如下：me 改成 a mí，te 改成 a ti，se 改成 a él / a ella / a usted，nos 改成 a nosotros / a nosotras，os 改成 a vosotros / a vosotras 和 les 改成 a ellos / a ellas / a ustedes。

✛ Ejercicio 練習題

Completa los huecos con la forma adecuada del verbo gustar en presente de indicativo:

請填寫動詞 gustar 現在陳述式適當的動詞變化：

a) A nosotros _____ bastante hacer deporte.

b) A ellos _____ ir a la playa.

c) A ti no _____ nada ir al campo.

d) A vosotros _____ los complementos.

e) A usted no _____ ir de copas.

f) A Juan _____ mucho los idiomas.

g) A mí _____ montar en bicicleta.

h) A Luisa _____ poco chatear con amigos.

四 **Práctica integrada** 綜合練習

1. Usa la información de la tabla y completa los diálogos siguiendo el modelo:

請看表格的資料並依照例子填寫下列對話：

NOMBRE: Juan.

LE GUSTA: Escuchar música, ver la televisión, ir al cine, jugar al baloncesto.

NO LE GUSTA: Leer novelas, ir al teatro.

NOMBRE: Ana.

LE GUSTA: Leer novelas, ir al cine, escuchar música.

NO LE GUSTA: Ver la televisión, ir al teatro, jugar al baloncesto.

NOMBRE: Luisa.

LE GUSTA: Leer novelas, ir al cine, ir al teatro.

NO LE GUSTA: Escuchar música, jugar al baloncesto, ver la televisión.

Ana: ¿Te gusta ver la televisión?

Juan: Sí, ¿y a ti?

Ana: A mí no.

a) Luisa: ¿Te gusta ir al cine?

　　Ana: _____

　　Luisa: _____

b) Luisa: ¿Te gusta leer novelas?

　　Juan: _____

　　Luisa: _____

c) Ana: ¿Te gusta jugar al baloncesto?

Luisa: _____

Ana: _____

d) Juan: ¿Te gusta escuchar música?

Luisa: _____

Juan: _____

e) Juan: ¿Te gusta ir al teatro?

Ana: _____

Juan: _____

2. Corrige las siguientes frases (hay un error en cada una):

改錯（每句只有一個錯誤）：

a) Me gusta voy de compras con mis amigas.

_____

b) Le gusta bastantes ir de copas.

_____

c) No nos nada gusta jugar al fútbol.

_____

d) Me encanta mucho ir a la montaña.

_____

e) No me gusta escuchar la radio y escuchar música.

_____

f) A Carmen te gusta viajar.

_____

3. Traduce las siguientes oraciones al español:
請將下列句子翻譯成西班牙文：

a) －我喜歡去音樂會，你呢？－我也喜歡。

_____

b) 你喜不喜歡上網？

_____

c) 安娜很喜歡看電影。

_____

d) 他們一點都不喜歡彈吉他。

_____

e) －我們不喜歡跟朋友出去，你呢？－我喜歡。

_____

f) 你們熱愛去旅遊。

_____

Unidad 12

La fruta es más cara que el arroz

第十二單元：水果比米飯貴

Lectura 閱讀

Dependiente ¡Buenos días! ¿Qué le pongo?

Cliente ¡Hola! Quería un kilo de arroz.

Dependiente ¡Muy bien! Hoy hay una oferta especial: ¡un kilo de arroz solo por un euro! ¿Algo más?

Cliente Sí, ¿a cuánto está el kilo de naranjas?

Dependiente El kilo de naranjas está a dos euros. Normalmente la fruta es más cara que el arroz, pero nuestra fruta no es tan cara como la de otros puestos.

Cliente Pues póngame medio kilo de naranjas también.

Dependiente ¡De acuerdo! ¿Alguna cosa más?

Cliente Sí, ¿tiene manzanas?

Dependiente Sí, tenemos manzanas verdes y rojas. Las manzanas verdes son más frescas que las rojas, pero las rojas son más baratas que las verdes.

Cliente ¿A cuánto está el kilo?

Dependiente El kilo de manzanas verdes está a un euro con veinticinco céntimos y el kilo de manzanas rojas está a noventa y nueve céntimos.

Cliente Entonces me llevo un kilo de manzanas verdes y dos kilos de manzanas rojas.

Dependiente ¡Perfecto! ¿Algo más?

Cliente No, nada más, gracias. ¿Cuánto es todo?

Dependiente Cinco euros con veintitrés céntimos.

Cliente Aquí tiene. ¡Muchas gracias!

Dependiente ¡Gracias a usted! ¡Hasta luego!

Cliente ¡Adiós!

Después de leer el diálogo, responde a las preguntas:
讀完對話後，請回答下列問題：

a) ¿A cuánto está el kilo de arroz?

_____

b) ¿A cuánto está el kilo de naranjas?

_____

c) ¿Es el arroz más caro que la fruta?

_____

d) ¿Qué dos tipos de manzanas se venden?

_____

e) ¿Qué manzanas son más baratas?

_____

f) ¿Qué compra finalmente el cliente?

_____

g) ¿Cuánto es todo?

_____

h) ¿Cómo se dice " 還想要其他東西嗎？ " en español?

_____

Unidad
12

二 Vocabulario 單詞

❖ Productos básicos (comida y bebida)
基本食物和飲料

🎵 MP3-36

Tabla de vocabulario　生詞表		
西班牙文	詞性	中文
Aceite de oliva	陽性名詞	橄欖油
Agua	陰性名詞	水（註：特殊單詞，定冠詞還是 el）
Arroz	陽性名詞	米飯
Carne	陰性名詞	肉
Cerdo	陽性名詞	豬肉
Cerveza	陰性名詞	啤酒
Embutido	陽性名詞	臘腸
Fruta	陰性名詞	水果
Gamba	陰性名詞	蝦子
Huevo	陽性名詞	雞蛋
Jamón	陽性名詞	火腿
Leche	陰性名詞	牛奶
Lechuga	陰性名詞	生菜
Manzana	陰性名詞	蘋果
Marisco	陽性名詞	海鮮
Naranja	陰性名詞	柳丁
Pan	陽性名詞	麵包
Patata	陰性名詞	馬鈴薯
Pescado	陽性名詞	魚

Tabla de vocabulario 生詞表		
西班牙文	詞性	中文
Plátano	陽性名詞	香蕉
Pollo	陽性名詞	雞肉
Ternera	陰性名詞	牛肉
Tomate	陽性名詞	番茄
Verdura	陰性名詞	蔬菜
Vino	陽性名詞	葡萄酒

✜ Ejercicio 練習題

Escribe el nombre de cada producto debajo de su imagen:

請在圖片下方填入正確的單字：

a) _____ b) _____ c) _____ d) _____

e) _____ f) _____

三 Gramática 文法

✤ Comparativos 比較級

　　西班牙文的比較級是拿來比較人或事的程度。文法上可以比較形容詞、副詞或名詞，共三種比較程度：比較高、比較低和一樣。

1. 形容詞比較：

・比較高：más + 形容詞 + que

　例 Ana es más alta que Carmen. 安娜比卡門高。

・比較低：menos + 形容詞 + que

　例 La clase de inglés es menos interesante que la clase de español.
　　 英文課比西班牙文課無趣。

・一樣：tan + 形容詞 + como

　例 Luis es tan inteligente como Juan. 路易斯跟胡安一樣聰明。

2. 副詞比較：

・比較高：más + 副詞 + que

　例 Ana escribe más rápidamente que Juan. 安娜寫字比胡安快。

・比較低：menos + 副詞 + que

　例 Carmen habla menos lentamente que Luis. 卡門講話不像路易斯那麼慢。

・一樣：tan + 副詞 + como

　例 María canta tan bien como Ana. 瑪麗亞唱歌跟安娜一樣好。

　　有一些形容詞和副詞的比較級是不規則的，解說和例子如下：

　　bueno / bien（好）：mejor（比較好）

　　malo / mal（不好）：peor（比較不好）

　　grande（大）：mayor（比較大）

　　pequeño（小）：menor（比較小）

・Mi cinturón es mejor que el tuyo. 我的皮帶比你的好。

・Su nota en el examen es peor que la mía. 他的考試成績比我的差。

・Tu hermano es mayor que el mío. 你的兄弟比我的大。

・Mi casa es menor que la tuya. 我的房子比你的小。

3. 名詞比較：

· 比較高：más + 名詞 + que

　例 Ana lee más libros que Juan. 安娜看的書比胡安的多。

· 比較低：menos + 名詞 + que

　例 Carmen come menos carne que Luis. 卡門吃的肉比路易斯的少。

· 一樣：tanto / tanta / tantos / tantas + 名詞 + como

　例 Rosa tiene tantas amigas como Ana. 羅莎跟安娜有一樣多的女生朋友。

✦ Ejercicio 練習題

Completa los huecos con más, menos, tan, tanto, tanta, tantos, tantas, que o como:

請填寫 más、menos、tan、tanto、tanta、tantos、tantas、que 或 como：

a) En esta clase hay _____ estudiantes como en esa.

b) Ana es rica. Ella tiene _____ dinero que Juan.

c) No escribo _____ bien como ella.

d) Pedro es muy vago. Estudia _____ que yo.

e) Pablo tiene _____ manzanas como Luis.

f) Ellos son tan simpáticos _____ vosotros.

g) Elisa tiene _____ bolígrafos como Carmen.

h) Nosotros trabajamos más horas _____ ellos.

Práctica integrada 綜合練習

1. Clasifica las siguientes palabras según su significado:

請將以下單字依照語義分類：

Patata	Pollo	Naranja	Ternera

Lechuga	Manzana	Cerdo	Plátano

Fruta	Verdura	Carne

2. Corrige las siguientes frases (hay un error en cada una):

改錯（每句只有一個錯誤）：

a) La carne es tan caro como el pescado.

_____

b) Tenemos tantos naranjas como ella.

_____

c) El vino es mas caro que la cerveza.

_____

d) El marisco es menos barato como el pescado.

_____

e) Este aceite de oliva es más mejor que ese.

_____

f) Sus hermanos mayors son tan altos como los míos.

_____

3. Traduce las siguientes oraciones al español:

請將下列句子翻譯成西班牙文：

a) 蘋果和香蕉一樣好吃。

_____

b) 安娜比胡安矮。

_____

c) 餐廳比酒吧貴。

_____

d) 這件襯衫跟這件夾克一樣優雅。

_____

e) 我的姊妹比你小。

_____

f) 我有跟路易一樣多的蝦子。

_____

Unidad
13

Sigue recto y coge la primera a la derecha

第十三單元：一直走，第一條街右轉

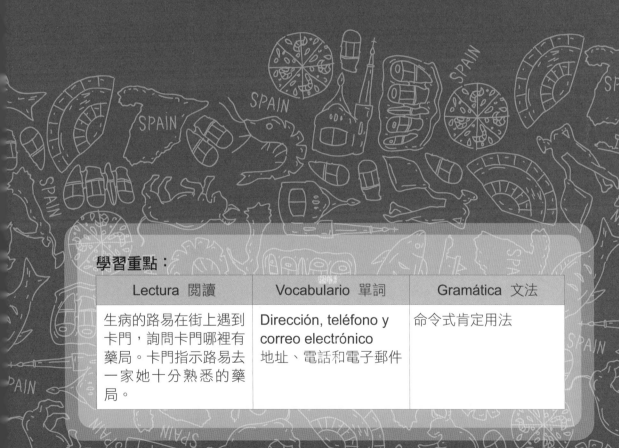

學習重點：

Lectura 閱讀	Vocabulario 單詞	Gramática 文法
生病的路易在街上遇到卡門，詢問卡門哪裡有藥局。卡門指示路易去一家她十分熟悉的藥局。	Dirección, teléfono y correo electrónico 地址、電話和電子郵件	命令式肯定用法

一 Lectura 閱讀

Luis ¡Hola, Carmen! ¿Sabes cómo se va a la farmacia?

Carmen ¡Hola, Luis! ¿Qué te pasa?

Luis Estoy resfriado, quiero comprar algunas medicinas en la farmacia.

Carmen ¿A qué farmacia quieres ir?

Luis A la más cercana.

Carmen ¡Perfecto! Mira, sigue todo recto y coge la primera a la derecha. Cuando veas un semáforo, cruza la calle por el paso de cebra. Después, sigue todo recto y gira la segunda calle a la izquierda. La farmacia está ahí mismo, en el número 3 de esa calle.

Luis Parece que no está muy lejos.

Carmen Está muy cerca. Además, el farmacéutico es muy amable.

Luis ¿Lo conoces?

Carmen Sí, es muy amigo de mis padres.

Luis ¡Qué casualidad! ¡Qué pequeño es el mundo!

Carmen Si no encuentras la farmacia, puedes llamarme a mi número de teléfono móvil.

Luis ¿Cuál es tu número de teléfono móvil?

Carmen El de siempre. Mi número de teléfono móvil es el 610 29 37 56.

Luis ¡Gracias, Carmen!

Carmen ¡De nada, Luis! ¡Que te mejores pronto!

Después de leer el diálogo, responde a las preguntas:

讀完對話後，請回答下列問題：

a) ¿Adónde quiere ir Luis?

_____

b) ¿Por qué?

_____

c) ¿Cómo se va a ese lugar desde su ubicación actual?

_____

d) ¿Está lejos?

_____

e) ¿Cómo es el farmacéutico?

_____

f) ¿Qué relación tiene con los padres de Carmen?

_____

g) ¿Cuál es el número de teléfono móvil de Carmen?

_____

h) ¿Cómo se dice " 早日康復！ " en español?

_____

二 Vocabulario 單詞

✿ Dirección, teléfono y correo electrónico
地址、電話和電子郵件

Tabla de vocabulario 生詞表		
西班牙文	詞性	中文
Apartamento	陽性名詞	套房、小公寓
Arroba	陰性名詞	小老鼠「@」
Ático	陽性名詞	閣樓
Avenida	陰性名詞	路
Calle	陰性名詞	街
Callejón	陽性名詞	弄
Chalé	陽性名詞	別墅
Ciudad	陰性名詞	市
Condado	陽性名詞	縣
Correo electrónico / E-mail	陽性名詞	電子郵件
Dirección	陰性名詞	地址
Distrito	陽性名詞	區
Fax	陽性名詞	傳真
Guión	陽性名詞	「-」
Guión bajo	陽性名詞	「_」
Número	陽性名詞	號碼、數字
Paseo	陽性名詞	大道
Piso	陽性名詞	公寓、樓層
Plaza	陰性名詞	廣場
Provincia	陰性名詞	省

Tabla de vocabulario 生詞表		
西班牙文	詞性	中文
Sección	陰性名詞	段
Sótano	陽性名詞	地下室
Teléfono	陽性名詞	電話
Teléfono móvil	陽性名詞	手機
Vía	陰性名詞	巷

✪ Ejercicio 練習題

Escribe el artículo determinado correspondiente:

請填寫適當的定冠詞：

a) _____ ático.

b) _____ condado.

c) _____ dirección.

d) _____ fax.

e) _____ plaza.

f) _____ piso.

g) _____ sótano.

h) _____ vía.

三 Gramática 文法

✦ Imperativo afirmativo 命令式肯定用法

命令式肯定用法主要是用來表示指示、允許和命令，規則動詞之動詞變化如下：

動詞變化 / 人稱代名詞	-ar 動詞 estudiar（唸書）	-er 動詞 comer（吃）	-ir 動詞 vivir（住）
Tú（你）	estudia	come	vive
Usted（您）	estudie	coma	viva
Vosotros（你們）	estudiad	comed	vivid
Ustedes（您們）	estudien	coman	vivan

命令式肯定用法有九個常用的不規則動詞，這些動詞「你」和「您」人稱的變化是不規則的，但「你們」和「您們」人稱的變化仍是規則變化，這些動詞的變化如下：

Infinitivo（原形動詞）	Tú（你）	Usted（您）	Vosotros（你們）	Ustedes（您們）
decir（説）	di	diga	decid	digan
hacer（做）	haz	haga	haced	hagan
ir（去）	ve	vaya	id	vayan
oír（聽）	oye	oiga	oíd	oigan
poner（放）	pon	ponga	poned	pongan
salir（離開）	sal	salga	salid	salgan
ser（是）	sé	sea	sed	sean
tener（有）	ten	tenga	tened	tengan
venir（來）	ven	venga	venid	vengan

✛ Ejercicio 練習題

Completa los huecos con la forma adecuada del verbo entre paréntesis en imperativo afirmativo:

請填寫命令式肯定用法適當的動詞變化：

a) _____ (comer, vosotros) despacio.

b) _____ (cruzar, tú) la calle con cuidado.

c) _____ (beber, usted) mucha agua todos los días.

d) _____ (girar, tú) la segunda a la izquierda.

e) _____ (poner, ustedes) los libros encima de la mesa.

f) _____ (decir, tú) siempre la verdad.

g) _____ (salir, usted) del autobús por la puerta trasera.

h) _____ (hacer, tú) los deberes.

Unidad
13

Práctica integrada 綜合練習

1. Según el mapa, escribe cómo ir desde la oficina de correos hasta el banco, la farmacia y la iglesia utilizando la forma tú del imperativo afirmativo:

請依照下列地圖，用命令式肯定的用法，以第二人稱單數「你」寫從郵局怎麼去銀行、藥局和教堂：

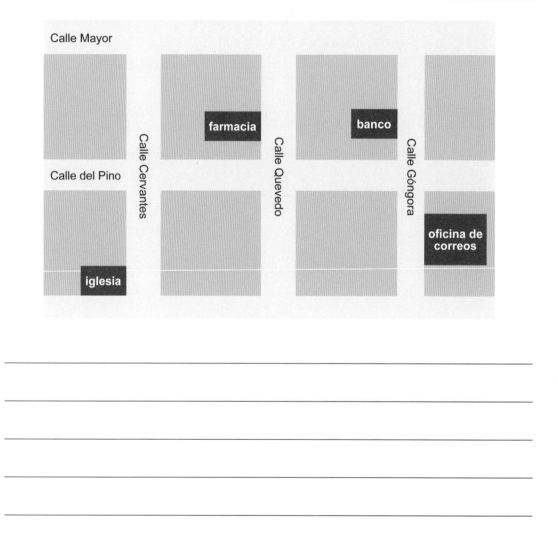

_____

_____

_____

_____

2. Corrige las siguientes frases (hay un error en cada una):

改錯（每句只有一個錯誤）：

a) Mi dirección de correo electrónico es el juan@gmail.com.

_____

b) No tengo fax, pero mi número de movil es el 625 36 47 58.

_____

c) Oie, ¿sabes dónde hay un banco por aquí cerca?

_____

d) Ellos viven en un ático, pero a mí me gusta más vivir en una chalé.

_____

e) Cruze la plaza con cuidado.

_____

f) Vena a visitar a su abuelo cuando pueda.

_____

3. Traduce las siguientes oraciones al español:

請將下列句子翻譯成西班牙文：

a) 你的電話號碼為何？

_____

b) －你住在哪裡？ －我住在高雄縣。

_____

c) 請你寫一封電子郵件給你母親。

_____

d) 請你們認真唸書。

_____

e) 請您離開教室。

_____

f) 請您們做功課。

_____

Unidad 14

Ayer fui de excursión

第十四單元：昨天我去郊遊

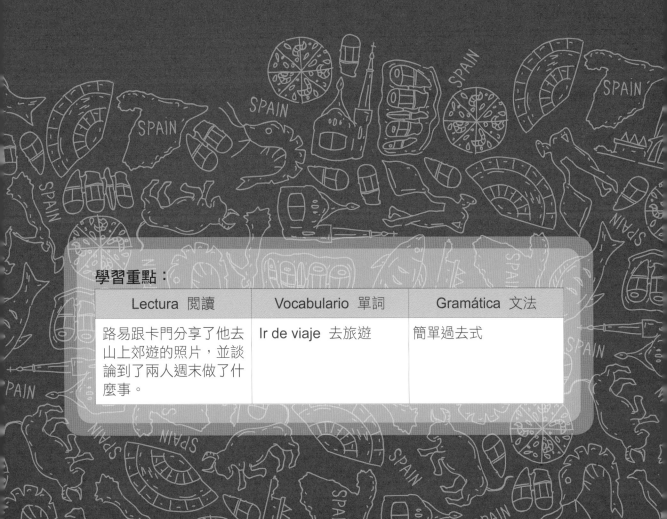

學習重點：

Lectura 閱讀	Vocabulario 單詞	Gramática 文法
路易跟卡門分享了他去山上郊遊的照片，並談論到了兩人週末做了什麼事。	Ir de viaje 去旅遊	簡單過去式

一 Lectura 閱讀

Carmen ¡Hola, Luis! ¿Qué hiciste ayer?

Luis ¡Hola, Carmen! Ayer fui de excursión a la montaña e hice muchas fotos. ¿Quieres verlas?

Carmen ¡Vale!

Luis Mira, mira.

Carmen A ver… ¡Qué bonitas!

Luis ¿Y tú, qué hiciste ayer, Carmen?

Carmen Una amiga vino de viaje de negocios a la ciudad la semana pasada y ayer visitamos lugares turísticos, compramos recuerdos y comimos platos típicos. Anoche imprimimos sus billetes de avión. Esta noche coge un avión de regreso a su país.

Luis A mí me da mucho miedo viajar en avión, prefiero viajar en autobús o en coche.

Carmen Todo es cuestión de acostumbrarse. ¿Y te gustan más los viajes organizados o los viajes por cuenta propia?

Luis Los viajes por cuenta propia, me gusta organizar mi propio itinerario, ¿y a ti?

Carmen A mí también, pero los viajes organizados son una buena opción para las personas mayores.

Luis ¡Desde luego! ¡Espero que tu amiga tenga un buen viaje!

Carmen ¡Gracias, Luis! ¡Hasta pronto!

Luis ¡Hasta luego!

Después de leer el diálogo, responde a las preguntas:

讀完對話後，請回答下列問題：

a) ¿Qué hizo Luis ayer?

_____

b) ¿Cómo son las fotos?

_____

c) ¿Con quién quedó Carmen ayer?

_____

d) ¿Qué hicieron ayer?

_____

e) ¿Cuándo y cómo regresa a su país la amiga de Carmen?

_____

f) ¿Le gusta a Luis viajar en avión?

_____

g) ¿Le gustan a Carmen los viajes por cuenta propia?

_____

h) ¿Cómo se dice " 祝您旅途愉快！" en español?

_____

Unidad
14

二 Vocabulario 單詞

Ir de viaje 去旅遊

Tabla de vocabulario 生詞表	
西班牙文	中文
Agencia de viajes	旅行社
Alojarse en un hotel	在飯店住
Bañarse en la playa	在海邊戲水
Billetes de avión	飛機票
Billetes de tren	火車票
Coger un avión / Tomar un avión	搭飛機
Comer platos típicos	吃當地食物
Comprar recuerdos	買紀念品
Hacer fotos / Tomar fotos	拍照
Ir de crucero	去郵輪
Ir de excursión	去郊遊
Ir de fin de semana	週末出去玩
Ir de vacaciones	去度假
Reservar un billete de avión	訂飛機票
Reservar una habitación	訂房
Tomar el sol	曬太陽
Viajar en autobús	搭公車去旅遊
Viajar en coche	開車去旅遊
Viaje	旅遊
Viaje de negocios	出差
Viaje de ocio	休閒旅遊

Tabla de vocabulario 生詞表	
西班牙文	中文
Viaje organizado	跟團旅行
Viaje por cuenta propia	自助旅行
Visitar lugares turísticos	參觀旅遊景點
Visitar museos	參觀博物館

✦ Ejercicio 練習題

Escribe el nombre de cada actividad debajo de su imagen:

請在圖片下方填入正確的單字：

a) _____

b) _____

c) _____

d) _____

e) _____

f) _____

三 Gramática 文法

✦ Pretérito indefinido 簡單過去式

　　簡單過去式主要用來表示在過去特定的時間發生的事情。所謂過去特定的時間為 anoche（昨晚）、ayer（昨天）、anteayer（前天）、el otro día（過去的某一天）、la otra noche（過去的某一個晚上）、hace cinco días（五天前）、el fin de semana pasado（上週末）、la semana pasada（上週）、hace dos semanas（兩週前）、el mes pasado（上個月）、hace tres meses（三個月前）、el año pasado（去年）、hace dos años（前年）……等。規則動詞之動詞變化如下：

動詞變化 人稱代名詞	-ar 動詞 estudiar（唸書）	-er 動詞 comer（吃）	-ir 動詞 vivir（住）
Yo	estudié	comí	viví
Tú	estudiaste	comiste	viviste
Él / Ella / Usted	estudió	comió	vivió
Nosotros / Nosotras	estudiamos	comimos	vivimos
Vosotros / Vosotras	estudiasteis	comisteis	vivisteis
Ellos / Ellas / Ustedes	estudiaron	comieron	vivieron

　　另外，簡單過去式有二十個頗重要的不規則動詞，這些不規則動詞的變化如下：

主詞 原形動詞	Yo	Tú	Él / Ella / Usted	Nosotros / Nosotras	Vosotros / Vosotras	Ellos / Ellas / Ustedes
andar 走路	anduve	anduviste	anduvo	anduvimos	anduvisteis	anduvieron
buscar 找	busqué	buscaste	buscó	buscamos	buscasteis	buscaron
dar 給	di	diste	dio	dimos	disteis	dieron
decir 說	dije	dijiste	dijo	dijimos	dijisteis	dijeron
dormir 睡覺	dormí	dormiste	durmió	dormimos	dormisteis	durmieron

主詞 / 原形動詞	Yo	Tú	Él / Ella / Usted	Nosotros / Nosotras	Vosotros / Vosotras	Ellos / Ellas / Ustedes
estar 在、是	estuve	estuviste	estuvo	estuvimos	estuvisteis	estuvieron
hacer 做	hice	hiciste	hizo	hicimos	hicisteis	hicieron
ir 去	fui	fuiste	fue	fuimos	fuisteis	fueron
leer 閱讀	leí	leíste	leyó	leímos	leísteis	leyeron
morir 過世	morí	moriste	murió	morimos	moristeis	murieron
oír 聽	oí	oíste	oyó	oímos	oísteis	oyeron
pedir 請求、點餐	pedí	pediste	pidió	pedimos	pedisteis	pidieron
poder 能、可以	pude	pudiste	pudo	pudimos	pudisteis	pudieron
poner 放	puse	pusiste	puso	pusimos	pusisteis	pusieron
querer 想要	quise	quisiste	quiso	quisimos	quisisteis	quisieron
saber 知道	supe	supiste	supo	supimos	supisteis	supieron
ser 是	fui	fuiste	fue	fuimos	fuisteis	fueron
tener 有	tuve	tuviste	tuvo	tuvimos	tuvisteis	tuvieron
venir 來	vine	viniste	vino	vinimos	vinisteis	vinieron
ver 看	vi	viste	vio	vimos	visteis	vieron

Unidad 14

✪ Ejercicio 練習題

Completa los huecos con la forma adecuada del verbo entre paréntesis en pretérito indefinido:

請填寫簡單過去式適當的動詞變化：

a) Anoche Pablo y Pedro _____ (dormir) diez horas.

b) Hace dos días yo _____ (tener) un accidente.

c) El mes pasado ellos _____ (leer) mucho.

d) Ayer por la tarde Luis y yo _____ (ir) a clase.

e) El otro día vosotros _____ (trabajar) demasiado.

f) Anteayer tú no _____ (hacer) deporte.

g) La semana pasada nosotros _____ (ver) a su madre.

h) Ustedes nunca _____ (saber) la verdad.

Práctica integrada 綜合練習

1. Completa los huecos con la forma adecuada del verbo entre paréntesis en presente de indicativo o pretérito indefinido:

請填寫現在陳述式或簡單過去式適當的動詞變化：

a) El año pasado Ana _____ (venir) todos los días al trabajo.

b) Todos los días Juan y Jaime _____ (estudiar) en la biblioteca.

c) Anoche yo _____ (cenar) con mis hermanos en casa.

d) Normalmente nosotros no _____ (salir) de fiesta los fines de semana.

e) El fin de semana pasado Isabel _____ (ir) de excursión a la playa.

f) Tú _____ (poder) hacerlo en su momento, pero no quisiste.

2. Corrige las siguientes frases (hay un error en cada una):

改錯（每句只有一個錯誤）：

a) Ayer ella estudió mucho y hizo los deberes.

_____

b) Anoche andamos diez kilómetros.

_____

c) El otro día Juan pedió una paella en el restaurante de mi padre.

_____

d) Mi abuelo morió en 1986.

_____

e) Antonio pusó el libro en la estantería.

_____

f) Anteayer los niños durmieron mucho.

_____

3. Traduce las siguientes oraciones al español:

請將下列句子翻譯成西班牙文：

a) 去年我們去美國自助旅行。

_____

b) 上週我在公園曬太陽。

_____

c) 兩個月前他在海邊戲水。

_____

d) 前年他們來臺灣參觀博物館。

_____

e) 您在旅行社工作滿三年。

_____

f) 他昨晚跟我說「晚安！」。

_____

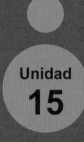

Unidad 15

Esta mañana he jugado al fútbol en la universidad

第十五單元：今天早上我在大學踢足球了

學習重點：

Lectura 閱讀	Vocabulario 單詞	Gramática 文法
安娜和胡安談到今天早晨的行程，並聊到了喜歡的運動。最後胡安邀請安娜可以一起來踢足球。	Deportes 運動	現在完成式

Lectura 閱讀

🎵 MP3-41

Ana ¡Hola, Juan! ¿Qué has hecho esta mañana?

Juan ¡Hola, Ana! Esta mañana he jugado al fútbol en la universidad.

Ana ¿Solo eso?

Juan Sí, he jugado al fútbol tres horas con varios amigos, ¿y tú?

Ana Yo he hecho muchas cosas. Esta mañana he ido a correr, he vuelto a casa, me he duchado, he desayunado y he ido a hacer varios recados.

Juan ¡Qué ocupada! ¿Y qué vas a hacer esta tarde?

Ana Esta tarde voy a hacer algo de deporte. Hacer deporte es bueno para la salud.

Juan ¿Sí? ¿Cuál es tu deporte favorito?

Ana Mi deporte favorito es el baloncesto. ¿Sabes jugar al baloncesto?

Juan Sí, pero me gusta más jugar al fútbol. Todas las semanas quedo con un grupo de amigos para jugar al fútbol. Y tú, ¿con quién juegas normalmente al baloncesto?

Ana Pues con unas amigas de la universidad, pero solo jugamos una vez al mes, no tenemos tiempo para quedar todas las semanas.

Juan Si quieres, puedes venir a jugar al fútbol con nosotros.

Ana ¡Gracias por tu ofrecimiento, Juan! A ver si la próxima semana tengo tiempo.

Juan ¡De acuerdo! ¡Seguimos en contacto, Ana!

Ana ¡Por supuesto, Juan! ¡Adiós!

Juan ¡Hasta luego!

Después de leer el diálogo, responde a las preguntas:
讀完對話後，請回答下列問題：

a) ¿Qué ha hecho Juan esta mañana?

_____

b) ¿Y Ana?

_____

c) ¿Está Ana ocupada?

_____

d) ¿Qué va a hacer Ana esta tarde?

_____

e) ¿Cuál es el deporte favorito de Ana?

_____

f) ¿Y el de Juan?

_____

g) ¿Qué le ofrece Juan a Ana?

_____

h) ¿Cómo se dice " 保持聯絡！ " en español?

_____

二 Vocabulario 單詞

✥ Deportes 運動

MP3-42

Tabla de vocabulario 生詞表		
西班牙文	詞性	中文
Atletismo	陽性名詞	田徑
Bádminton	陽性名詞	羽球
Baloncesto	陽性名詞	籃球
Balonmano	陽性名詞	手球
Béisbol	陽性名詞	棒球
Boxeo	陽性名詞	拳擊
Ciclismo	陽性名詞	自行車運動
Equitación	陰性名詞	馬術
Esquí	陽性名詞	滑雪
Fútbol	陽性名詞	足球
Fútbol americano	陽性名詞	美式足球
Fútbol playa	陽性名詞	沙灘足球
Gimnasia	陰性名詞	體操
Golf	陽性名詞	高爾夫
Hockey	陽性名詞	曲棍球
Judo	陽性名詞	柔道
Kárate	陽性名詞	空手道
Maratón	陽性名詞	馬拉松
Natación	陰性名詞	游泳
Patinaje sobre hielo	陽性名詞	溜冰
Rugby	陽性名詞	橄欖球

Tabla de vocabulario 生詞表		
西班牙文	詞性	中文
Tenis	陽性名詞	網球
Tenis de mesa / Ping-pong	陽性名詞	桌球、乒乓球
Voleibol	陽性名詞	排球
Voleiplaya	陽性名詞	沙灘排球

✳ Ejercicio 練習題

Escribe el nombre de cada deporte debajo de su imagen:
請在圖片下方填入正確的單字：

a) _____

b) _____

c) _____

d) _____

e) _____

f) _____

三 Gramática 文法

✥ Pretérito perfecto 現在完成式

　　現在完成式主要是來表示已過去的事情在一段尚未結束的時間。所謂一段尚未結束的時如：esta mañana（今天早上）、últimamente（最近）、recientemente（最近）、en los últimos meses（最近幾個月）、en los últimos tres años（最近三年）……等。有時候，這個時態也強調以前開始做某事，但影響都一直至今。規則動詞之動詞變化如下：

人稱代名詞 ＼ 動詞變化	-ar 動詞 estudiar（唸書）	-er 動詞 comer（吃）	-ir 動詞 vivir（住）
Yo	he estudiado	he comido	he vivido
Tú	has estudiado	has comido	has vivido
Él / Ella / Usted	ha estudiado	ha comido	ha vivido
Nosotros / Nosotras	hemos estudiado	hemos comido	hemos vivido
Vosotros / Vosotras	habéis estudiado	habéis comido	habéis vivido
Ellos / Ellas / Ustedes	han estudiado	han comido	han vivido

　　依照上述表格，這個時態基本的結構為副動詞 haber（有）現在式的變化，加上主要動詞的過去分詞，-ar 動詞過去分詞的結尾都是「-ado」，-er 動詞和 -ir 動詞過去分詞的結尾都「-ido」。

　　另外，現在完成式有十個頗重要的不規則動詞，這些動詞的不規則部分都在過去分詞，這十個不規則動詞的變化如下：

原形動詞 ＼ 主詞	Yo	Tú	Él / Ella / Usted	Nosotros / Nosotras	Vosotros / Vosotras	Ellos / Ellas / Ustedes
abrir 開	he abierto	has abierto	ha abierto	hemos abierto	habéis abierto	han abierto
decir 說	he dicho	has dicho	ha dicho	hemos dicho	habéis dicho	han dicho
descubrir 發現	he descubierto	has descubierto	ha descubierto	hemos descubierto	habéis descubierto	han descubierto

主詞 原形動詞	Yo	Tú	Él / Ella / Usted	Nosotros / Nosotras	Vosotros / Vosotras	Ellos / Ellas / Ustedes
escribir 寫	he escrito	has escrito	ha escrito	hemos escrito	habéis escrito	han escrito
hacer 做	he hecho	has hecho	ha hecho	hemos hecho	habéis hecho	han hecho
morir 過世	he muerto	has muerto	ha muerto	hemos muerto	habéis muerto	han muerto
poner 放	he puesto	has puesto	ha puesto	hemos puesto	habéis puesto	han puesto
romper 破	he roto	has roto	ha roto	hemos roto	habéis roto	han roto
ver 看	he visto	has visto	ha visto	hemos visto	habéis visto	han visto
volver 回	he vuelto	has vuelto	ha vuelto	hemos vuelto	habéis vuelto	han vuelto

✦ Ejercicio 練習題

Completa los huecos con la forma adecuada del verbo entre paréntesis en pretérito perfecto:

請填寫現在完成式適當的動詞變化：

a) Esta mañana nosotros _____ (romper) una ventana.

b) Hoy yo _____ (cantar) muchas canciones.

c) Ellos siempre _____ (ser) educados conmigo.

d) Tú nunca _____ (decir) nada malo.

e) Este verano Luis y Pablo _____ (ir) de vacaciones a España.

f) Hoy usted no _____ (poner) la mesa.

g) Esta mañana vosotros _____ (volver) a la rutina.

h) Ana _____ (descubrir) la verdad gracias a tu ayuda.

Práctica integrada 綜合練習

1. Clasifica las siguientes palabras según su significado:

請將以下單字依照語義分類：

Voleibol	Boxeo	Judo

Maratón	Rugby	Balonmano

Deporte individual	Deporte colectivo

2. Corrige las siguientes frases (hay un error en cada una):

改錯（每句只有一個錯誤）：

a) Hoy he no jugado al golf.

_____

b) Esta mañana ha se levantado a las siete en punto.

_____

c) Nosotros hemos hacido muchas cosas.

_____

d) Pedro y Juan han volvido tarde a casa.

_____

e) No me gusta jugar al beisbol.

_____

f) Nunca ha jugado natación.

_____

3. Traduce las siguientes oraciones al español:

請將下列句子翻譯成西班牙文：

a) 他學了西班牙文一年。

_____

b) 最近我有見到他的父母。

_____

c) 他們從來沒有吃過法國菜。

_____

d) 他最喜歡的運動是網球。

_____

e) 我們不喜歡打排球，也不喜歡打手球。

_____

f) 西班牙最熱門的運動是足球。

_____

Unidad
15

Unidad 16

Este año he aprendido mucho español

第十六單元：今年我學了很多西班牙文

學習重點：

Lectura 閱讀	全書總複習
學期結束了，卡門和路易討論了今年完成了什麼事情，並討論下學期要做什麼。	

Lectura 閱讀

Carmen ¡Hola, Luis! ¿Qué tal te ha ido este año en la universidad?

Luis ¡Hola, Carmen! Pues me ha ido genial. Este año he aprendido mucho español, he hecho nuevos amigos, he empezado nuevos proyectos y he crecido como persona.

Carmen ¡Cuánto me alegro! ¿Y qué planes tienes para este verano?

Luis Voy a ir de vacaciones con mi familia a Japón, ¿y tú?

Carmen Yo voy a trabajar de prácticas en una empresa de marketing los meses de julio y agosto.

Luis ¡Qué bien! ¡Vas a adquirir mucha experiencia laboral!

Carmen Eso espero, aunque el periodo de prácticas es muy corto, solo dos meses.

Luis Bueno, algo es algo. ¿Y qué planes tienes para el próximo curso académico?

Carmen Pues todavía no lo sé, ¿y tú?

Luis El próximo curso académico me gustaría ir a España de intercambio.

Carmen ¿Sí? ¿A qué ciudad?

Luis A Madrid, la capital de España, aunque también estoy valorando otras opciones, como Barcelona, Valencia, Sevilla o Zaragoza.

Carmen Yo estuve en España con mi hermano mayor hace dos años. Fuimos de viaje por el norte, sur, centro, este y oeste de la Península Ibérica y lo pasamos genial. Fuimos a ver exposiciones, al teatro, de tapas, de copas… ¡Fue una experiencia inolvidable! Si puedo ayudarte en algo, solo tienes que decírmelo.

Luis ¡Muchas gracias, Carmen! ¡Eres una amiga de verdad!

Carmen ¡De nada, Luis! ¡Disfruta del verano y felices vacaciones!

Luis ¡Igualmente, Carmen! ¡Cuídate!

Después de leer el diálogo, responde a las preguntas:

讀完對話後，請回答下列問題：

a) ¿Qué ha hecho Luis este año en la universidad?

_____

b) ¿Qué planes tiene Luis para este verano?

_____

c) ¿Y Carmen?

_____

d) ¿Qué planes tiene Luis para el próximo curso académico?

_____

e) ¿Cuál es la capital de España?

_____

f) ¿Con quién estuvo Carmen en España?

_____

g) ¿Qué hicieron en España?

_____

h) ¿Cómo se dice " 假期愉快！" en español?

_____

二 Repaso 複習

1. Completa la siguiente ficha con tus datos personales:

請用你的個人資料填寫下列表格：

Nombre	
Apellido	
Edad	
Fecha de nacimiento	
Nacionalidad	
Sexo	
Estado civil	
Profesión	
Teléfono móvil	
Correo electrónico	

2. Completa los huecos con la forma adecuada del verbo entre paréntesis en presente de indicativo:

請填寫現在陳述式適當的動詞變化：

a) Ellos _____ (levantarse) tarde todos los días.

b) A Ana _____ (gustar) tocar el piano.

c) Yo _____ (comer) siempre en casa.

d) Vosotros _____ (vivir) muy bien.

e) Tú _____ (poder) trabajar más.

f) Usted _____ (llevar) mucha ropa.

g) Juan y yo _____ (ser) amigos.

h) Pedro siempre _____ (ayudar) a los demás.

i) Nosotros _____ (estar) en clase.

j) A Julia _____ (encantar) jugar al baloncesto.

k) Ellos _____ (ir) de vacaciones todos los veranos.

l) Ella normalmente _____ (volver) a casa antes de las nueve y
   media de la noche.

m) Yo _____ (acostarse) muy pronto, a las diez en punto de la noche.

n) Ellas siempre _____ (venir) a clase.

o) Yo de postre _____ (querer) tomar arroz con leche.

p) Luis _____ (terminar) de trabajar a las seis en punto de la tarde.

q) La madre _____ (sufrir) mucho por sus hijos.

r) Nosotros _____ (hacer) los deberes todos los días.

s) Yo _____ (conducir) con precaución.

t) Mi hermano nunca _____ (peinarse).

3. Elige la respuesta más adecuada de entre las tres propuestas:
請從三個選項中，選出一個最適合的答案：

1. Julia _____ 18 años.

   a) es   b) está   c) tiene

2. Luis _____ de España, pero _____ en Taiwán.

   a) es / vive   b) hay / está   c) está / estudia

3. Su hermana es _____ inteligente.

   a) mucho   b) muy   c) mucha

4. El _____ trabaja en una iglesia.

   a) cura   b) médico   c) ingeniero

5. Estudia _____ Taiwán.

   a) de   b) en   c) a

6. _____ enfermera trabaja en un hospital.

   a) El   b) La   c) Lo

7. No _____ inglesa.

   a) habla   b) es   c) estudia

8. Ella _____ apellida Chen.

   a) me   b) le   c) se

9. Pedro y yo _____ amigos.

   a) somos   b) sois   c) son

10. Tengo dos bolígrafos _____ .

    a) azul   b) azuls   c) azules

11. Me _____ estudiar español.

    a) gusta   b) gusto   c) gustan

12. Hay _____ chicos en el parque.

    a) los   b) unos   c) unas

13. Yo _____ acuesto normalmente a las once y media de la noche.

    a) me   b) te   c) se

14. En la clase _____ muchas sillas.

    a) tiene   b) está   c) hay

15. Esta cama cuesta _____ euros.

    a) cien   b) ciento   c) cientos

16. Juana y _____ hermana son muy simpáticas.

   a) ella   b) la   c) su

17. Hoy es _____.

   a) Lunes   b) lunes   c) luns

18. _____ es alta _____ baja.

   a) No / ni   b) Ni / ni   c) Ni / no

19. La carne es _____ cara como el pescado.

   a) más   b) tan   c) menos

20. Ayer _____ a las ocho y media de la mañana.

   a) me levanto   b) me levanté   c) me he levantado

21. Mi deporte _____ es el fútbol.

   a) favorito   b) favorita   c) preferida

22. De primero _____ ensalada mixta.

   a) bebo   b) como   c) quiero

23. Esta mañana _____ a clase.

   a) voy   b) fui   c) he ido

24. El hermano menor de tu padre es tu _____.

   a) primo   b) tío   c) abuelo

25. Anoche _____ en casa.

   a) ceno   b) he cenado   c) cené

Anexo

Traducciones de las lecturas y soluciones de los ejercicios

附錄：閱讀翻譯和練習題答案

一　Lectura　閱讀

安娜：你好！早安！

胡安：妳好！妳叫什麼名字？

安娜：我叫安娜，你呢？

胡安：我叫胡安，很高興認識妳！

安娜：很高興認識你！你貴姓？

胡安：我姓桑傑士，妳呢？

安娜：我姓羅培茲。你來自哪裡？

胡安：我是西班牙人，馬德里來的，妳呢？

安娜：我是西班牙人，巴塞隆納來的。那你幾歲？

胡安：我十八歲，妳呢？

安娜：我也十八歲。

胡安：妳從事什麼？

安娜：我是學生。

胡安：那妳在學什麼？

安娜：我在巴塞隆納自治大學唸歷史。你呢？你也是學生嗎？

胡安：是的，我在馬德里自治大學唸哲學。

安娜：太好了！你會說什麼語言？

胡安：我會說西班牙文，英文和一點中文，妳呢？

安娜：我會說西班牙文和英文。

胡安：好的！稍後見，安娜！

安娜：再見，胡安！

a) ¿Cómo se llama la chica?　這位女孩叫什麼名字？

　　Se llama Ana.　她叫安娜。

b) ¿Cómo se apellida Juan?　胡安貴姓？

　　Se apellida Sánchez.　他姓桑傑士。

c) ¿De dónde es Ana?　安娜來自哪裡？

　　Es española, de Barcelona.　她是西班牙人，巴塞隆納來的。

d) ¿Cuántos años tiene Juan? 胡安幾歲？

Tiene 18 años. 他十八歲。

e) ¿Qué es Ana? 安娜從事什麼？

Es estudiante. 她是學生。

f) ¿Qué estudia Ana? 安娜學什麼？

Estudia historia. 她唸歷史。

g) ¿Qué lenguas habla Ana? 安娜會説什麼語言？

Habla español e inglés. 她會説西班牙文和英文。

h) ¿Cómo se dice "再見！" en español? 「再見！」的西文怎麼説？

"Adiós". 「Adiós」。

二 Vocabulario 單詞

Ejemplo: ¿De dónde es Juan? 胡安來自哪裡？

　　　　　Juan / España : Juan es español. 胡安是西班牙人。

a) ¿De dónde es Francesca?

Francesca / Italia : Francesca es italiana. 弗朗西絲卡是義大利人。

b) ¿De dónde son Otto y Wolfgang?

Otto y Wolfgang / Alemania : Otto y Wolfgang son alemanes.

奧圖和沃爾夫岡是德國人。

c) ¿De dónde son Michiko y Maiko?

Michiko y Maiko / Japón : Michiko y Maiko son japonesas.

美智子和舞子是日本人。

d) ¿De dónde es Pierre?

Pierre / Francia : Pierre es francés. 皮耶爾是法國人。

e) ¿De dónde es Luis?

Luis / México : Luis es mexicano. 路易斯是墨西哥人。

f) ¿De dónde es Sandy?

Sandy / Estados Unidos : Sandy es estadounidense. 珊迪是美國人。

g) ¿De dónde es Joao?

Joao / Portugal : Joao es portugués. 若昂是葡萄牙人。

翻譯和答案

1

h) ¿De dónde son Alan y Mike?

　　Alan y Mike / Inglaterra: Alan y Mike son ingleses. 艾倫和麥可是英國人。

目 Gramática 文法

a) Ana estudia (estudiar) español. 安娜學西班牙文。

b) ¿De dónde es (ser) Juan? 胡安來自哪裡？

c) Nosotros no hablamos (hablar) italiano. 我們不會說義大利文。

d) Vosotros trabajáis (trabajar) en una oficina. 你們在一間辦公室工作。

e) Pedro se apellida (apellidarse) López. 彼得姓羅培茲。

f)　Yo me llamo (llamarse) Carmen. 我叫卡門。

g) Tú tienes (tener) 18 años. 你十八歲。

h) Ellas son (ser) de China. 她們來自中國。

四 Práctica integrada 綜合練習

1. Responde a las siguientes preguntas 請回答下列問題：

（解答：請回答自己的個人資料）

a) ¿Cómo te llamas? 你叫什麼名字？

　　Me llamo Ana. 我叫安娜。

b) ¿Cómo te apellidas? 你貴姓？

　　Me apellido Lin. 我姓林。

c) ¿De dónde eres? 你來自哪裡？

　　Soy taiwanesa, de Taipei. 我是臺灣人，來自臺北。

d) ¿Cuántos años tienes? 你幾歲？

　　Tengo 30 años. 我三十歲。

e) ¿Qué estudias? 你在學什麼？

　　Estudio español. 我在學西班牙文。

f)　¿Qué lenguas hablas? 你會說什麼語言？

　　Hablo chino y español. 我會說中文和西班牙文。

2. Corrige las siguientes frases (hay un error en cada una) 改錯（每句只有一個錯誤）：

a) Me llama Ana.

正確：Se llama Ana. 或 Me llamo Ana.

b) francia es un país europeo.

正確：Francia es un país europeo.

c) Cuántos años tienes?

正確：¿Cuántos años tienes?

d) Otto habla Alemán.

正確：Otto habla alemán.

e) Yo es taiwanés.

正確：Yo soy taiwanés. 或 Él es taiwanés.

f) Él y yo son españoles.

正確：Él y yo somos españoles. 或 Ellos son españoles.

3. Traduce las siguientes oraciones al español 請將下列句子翻譯成西班牙文：

a) 很高興認識你！

¡Encantado! / ¡Encantada! / ¡Mucho gusto!

b) 她姓王。

Se apellida Wang.

c) 我學西班牙文。

Estudio español.

d) 瑞士人會講德文、義大利文和法文。

Los suizos hablan alemán, italiano y francés. 或 En Suiza se habla alemán, italiano y francés.

e) 西班牙籍學生來自馬德里。

Los estudiantes españoles son de Madrid.

f) 英文的老師來自美國。

El profesor de inglés es de Estados Unidos.

翻譯和答案

1

■ Lectura 閱讀

路易：妳好！早安！

卡門：你好！你從事什麼？

路易：我是學生，妳呢？

卡門：我在馬德里的一間學校當老師。

路易：妳的學校如何？

卡門：我的學校很小，但很舒適。你呢，你在哪裡唸書？

路易：我在馬德里自治大學唸書。

卡門：那你在學什麼？

路易：我唸物理。

卡門：真有趣！會很難嗎？

路易：是的，有一點，但我很喜歡。

卡門：那你長大後想要當什麼？

路易：以後想要當物理學家，在研究室工作。

卡門：我相信如果你很努力就會辦得到。加油！

路易：非常謝謝，卡門！祝妳有個美好的一天！

卡門：你也是！再見！

路易：待會見！

a) ¿Qué es Luis? 路易從事什麼？

   Es estudiante. 他是學生。

b) ¿Qué es Carmen? 卡門從事什麼？

   Es profesora. 她是老師。

c) ¿Dónde estudia Luis? 路易在哪裡唸書？

   Estudia en la Universidad Autónoma de Madrid. 他在馬德里自治大學唸書。

d) ¿Dónde trabaja Carmen? 卡門在哪裡工作？

   Trabaja en una escuela. 她在一間學校工作。

e) ¿Qué estudia Luis? 路易在學什麼？

   Estudia física. 他在學物理。

f) ¿Qué quiere ser de mayor Luis? 路易長大後想要當什麼？

Quiere ser físico. 他想要當物理學家。

g) ¿Dónde quiere trabajar de mayor Luis? 路易以後想要在哪裡工作？

Quiere trabajar en un laboratorio. 他想要在研究室工作。

h) ¿Cómo se dice "非常謝謝！" en español? 「非常謝謝！」的西文怎麼說？

"Muchas gracias". 「Muchas gracias」。

二 Vocabulario 單詞

a) Camarera b) Enfermera c) Policía d) Cartero e) Trabajadora f) Profesor

三 Gramática 文法

a) Pedro es profesor. 彼得是老師。

b) Vosotros sois italianos. 你們是義大利人。

c) Ellos son ingleses. 他們是英國人。

d) Yo soy taiwanés. 我是臺灣人。

e) Tú eres estudiante. 你是學生。

f) Ana es española. 安娜是西班牙人。

g) Jaime no es periodista. 海梅不是記者。

h) Juan y yo somos camareros. 胡安和我是服務生。

四 Práctica integrada 綜合練習

翻譯和答案 ❷

1. Relaciona las profesiones con los lugares de trabajo 連連看職業和適合的工作場所：

Enfermera 護士

Camarero 服務生

Profesora 老師

Dependiente 店員

Secretaria 祕書

Catedrático 教授

Azafata 空姐

Cura 神父

Iglesia 教堂

Universidad 大學

Restaurante 餐廳

Oficina 辦公室

Escuela 學校

Aeropuerto 機場

Tienda 商店

Hospital 醫院

2. Corrige las siguientes frases (hay un error en cada una) 改錯（每句只有一個錯誤）：

a) ¿De donde son Luis y Jaime?

正確：¿De dónde son Luis y Jaime?

b) Ella y tú estudian español.

正確：Ella y tú estudiáis español. 或 Ellos estudian español.

c) La cura trabaja en una iglesia.

正確：El cura trabaja en una iglesia.

d) Carmen hablo francés.

正確：Carmen habla francés. 或 Yo hablo francés.

e) Sofía y Ana somos enfermeras.

正確：Sofía y Ana son enfermeras. 或 Nosotras somos enfermeras.

f) ¿Qué Juan estudia?

正確：¿Qué estudia Juan?

3. Traduce las siguientes oraciones al español 請將下列句子翻譯成西班牙文：

a) 你從事什麼？

¿Qué eres?

b) 醫生在醫院工作。

El médico trabaja en un hospital.

c) 他是教授。

Es catedrático.

d) 我們是臺灣人，但馬里奧是西班牙人。

Somos taiwaneses, pero Mario es español.

e) 他主修歷史學系。

Estudia historia.

f) 我們不是服務生。

No somos camareros.

一 Lectura 閱讀

彼得：你好！請問國立 ABC 大學在哪裡呢？

安娜：早安！國立 ABC 大學在臺北市。

彼得：謝謝！我住得有一點遠，在新北市。

安娜：沒關係！臺北捷運很方便。有很多捷運站，從新北市搭捷運到臺北市，再到國立 ABC 大學很簡單。

彼得：妳怎麼知道？妳在那所大學唸書嗎？

安娜：是的，我是國立 ABC 大學法律系二年級的學生，你呢？

彼得：我剛從我家鄉——高雄市的某一個高中畢業，現在跟兩位朋友住在新北市。今年即將要在國立 ABC 大學唸政治學士。校園怎麼樣？

安娜：國立 ABC 大學校園很大又美。在校園裡有很多建築物。

彼得：太棒了！我很期待在國立 ABC 大學唸書！謝謝妳提供的所有資訊，安娜！

安娜：不客氣，彼得！

a) ¿Dónde está la Universidad Nacional ABC? 國立 ABC 大學在哪裡？

La Universidad Nacional ABC está en la Ciudad de Taipei.

國立 ABC 大學在臺北市。

b) ¿Dónde vive Pedro? 彼得住在哪裡？

Vive un poco lejos, en la Nueva Ciudad de Taipei. 他住得有一點遠，在新北市。

c) ¿Qué estudia Ana? 安娜唸什麼？

Estudia derecho. 她唸法律系。

d) ¿Dónde estudia Ana? 安娜在哪裡唸書？

Estudia en la Universidad Nacional ABC. 她在國立 ABC 大學唸書。

e) ¿De dónde es Pedro? 彼得來自哪裡？

Es de la Ciudad de Kaohsiung. 他來自高雄市。

f) ¿Cómo es el campus de la Universidad Nacional ABC? 國立ABC大學校園如何？

El campus es muy grande y bonito. 校園很大又美。

g) ¿Qué hay en el campus de la Universidad Nacional ABC?

國立 ABC 大學校園裡有什麼？

En el campus hay muchos edificios. 在校園裡有很多建築物。

h) ¿Cómo se dice " 太棒了！ "en español? 「太棒了！」的西文怎麼説？

"Genial". 「Genial」。

二 Vocabulario 單詞

a) Iglesia b) Hospital c) Estación de metro d) Librería e) Escuela f) Restaurante

三 Gramática 文法

a) Tú estás delante de la oficina de correos. 你在郵局的前面。

b) Vosotros estáis en la plaza. 你們在廣場裡。

c) Ellos están casados. 他們已婚。

d) Jaime está cansado. 海梅累了。

e) Yo estoy en la universidad. 我在大學裡。

f) Nosotros no estamos en el banco. 我們不在銀行裡。

g) La parada del autobús está muy cerca del hospital. 公車站離醫院很近。

h) La clase está sucia. 教室是髒的。

四 Práctica integrada 綜合練習

1. Completa los huecos con la forma adecuada del verbo ser, estar o hay en presente de indicativo 請填寫動詞 ser、estar 或 hay 現在陳述式適當的動詞變化：

a) En la universidad hay muchos edificios. 大學裡有很多建築物。

b) Ella está soltera. 她單身。

c) Nosotros somos taiwaneses. 我們是臺灣人。

d) Mario es profesor. 馬里奧是老師。

e) Ellos están en la biblioteca. 他們在圖書館裡。

f) En el bar hay un camarero. 在酒吧裡有一位服務生。

2. Corrige las siguientes frases (hay un error en cada una) 改錯（每句只有一個錯誤）：

a) Estoy español.

　　正確：Soy español.

b) En la oficina hay la secretaria.

　　正確：En la oficina hay una secretaria.

c) Hay no estudiantes en la escuela.

　　正確：No hay estudiantes en la escuela. 或 Hay estudiantes en la escuela.

d) La biblioteca es lejos del banco.

　　正確：La biblioteca está lejos del banco.

e) Juan y yo somos solteros.

　　正確：Juan y yo estamos solteros.

f) El museo está en frente del ayuntamiento.

　　正確：El museo está enfrente del ayuntamiento.

3. Traduce las siguientes oraciones al español 請將下列句子翻譯成西班牙文：

a) 我住在新北市。

　　Vivo en la Nueva Ciudad de Taipei.

b) 胡安在超市裡。

　　Juan está en el supermercado.

c) 我們在餐廳旁。

　　Estamos al lado del restaurante.

d) 醫院裡有很多護士。

　　En el hospital hay muchas enfermeras.

e) 我是政治系二年級的學生。

　　Soy estudiante de segundo curso de política.

f) 路易莎已婚。

　　Luisa está casada.

翻譯和
答案

3

一 Lectura 閱讀

路易：你好，卡門！好久不見！妳好嗎？

卡門：很好，謝謝，那你呢，你好嗎？

路易：馬馬虎虎，今天我有一點累。

卡門：哎唷！順便問一下，請問那位男孩是誰？

路易：他是我的朋友海梅。

卡門：海梅如何？

路易：正如你看到的，海梅不高也不矮，瘦瘦的，頭髮又短又捲，眼睛大大的。此外，
　　　他很熱情和聰明。

卡門：看起來是一個好男孩。那你呢，你如何？

路易：我是高的，有一點胖，頭髮又長又直，眼睛小小的，還戴著眼鏡。我也很熱情
　　　和友善。

卡門：看起來你的朋友和你相當不一樣，但你們兩位都是好人。

路易：謝謝妳的讚美，卡門！祝妳一切順利！

卡門：你也是！待會見！

路易：再見！

a) ¿Qué tal está Carmen? 卡門好嗎？

　　Está muy bien. 她很好。

b) ¿Cómo está Luis? 路易好嗎？

　　Está así así. 他馬馬虎虎。

c) ¿Quién es Jaime? 海梅是誰？

　　Es un amigo de Luis. 路易的朋友。

d) ¿Cómo es Jaime? 海梅如何？

　　Jaime no es ni alto ni bajo, es delgado, tiene el pelo corto y rizado y tiene los ojos
　　grandes. Además, es muy simpático e inteligente.

　　海梅不高也不矮，瘦瘦的，頭髮又短又捲，眼睛大大的。此外，他很熱情和聰明。

e) ¿Cómo es Luis? 路易如何？

Luis es alto, un poco gordo, tiene el pelo largo y liso, los ojos pequeños y lleva gafas. También es muy simpático y amable.

路易是高的，有一點胖，頭髮又長又直，眼睛小小的，還戴著眼鏡。他也很熱情和友善。

f) ¿Es Luis simpático? 路易是熱情的嗎？

Sí, Luis es muy simpático. 是的，路易很熱情。

g) ¿Cómo son los dos? 他們兩位如何？

Los dos son muy buenas personas. 他們兩位都是好人。

h) ¿Cómo se dice "謝謝你的讚美！" en español? 「謝謝你的讚美！」的西文怎麼說？

"¡Gracias por el cumplido!". 「¡Gracias por el cumplido!」。

▉ Vocabulario 單詞

a) Alto: Bajo. 　　　　　　　b) Delgado: Gordo.

c) Feo: Guapo. 　　　　　　　d) Grande: Pequeño.

e) Antipático: Simpático. 　　　f) Tonto: Inteligente.

▉ Gramática 文法

a) ¿Cuántos amigos tiene María? 瑪麗亞有多少朋友？

María tiene muchos amigos. 瑪麗亞有很多朋友。

b) ¿Cuál es su clase favorita? 他最喜歡哪門課？

Su clase favorita es la clase de español. 他最喜歡西文課。

c) ¿Qué estudias? 你唸什麼？

Estudio filosofía. 我唸哲學。

d) ¿Dónde estudias? 你在哪裡唸書？

Estudio en la Universidad Nacional ABC. 我在國立 ABC 大學唸書。

e) ¿De dónde es Isabel? 伊莎貝爾來自哪裡？

Isabel es taiwanesa, de Taichung. 伊莎貝爾是臺灣人，臺中來的。

f) ¿Cómo es Rafael? 拉斐爾如何？

Rafael es inteligente y simpático. 拉斐爾聰明和熱情。

g) ¿Quiénes son ellos? 他們是誰？

Son Marta y Juan. 他們是瑪塔和胡安。

h) ¿Cuánto cuesta este abrigo? 這件大衣多少錢？

Cuesta 1.000 nuevos dólares de Taiwán. 新臺幣一千元。

四 Práctica integrada 綜合練習

1. Describe a las siguientes personas 請描述下列兩人：

a) El chico tiene el pelo rizado
y claro, y los ojos grandes.
這位男孩頭髮是捲的、淺色
的，眼睛大大的。

b) La chica tiene el pelo liso y
oscuro, y los ojos pequeños.
這位女孩頭髮是直的、深色
的，眼睛小小的。

2. Corrige las siguientes frases (hay un error en cada una) 改錯（每句只有一個錯誤）：

a) Tengo el pelo castaña.

正確：Tengo el pelo castaño.

b) Soy alta ni baja.

正確：No soy alta ni baja.

c) Pedro es muy simpatico.

正確：Pedro es muy simpático.

d) Los ojos de Ana son grande.

正確：Los ojos de Ana son grandes.

e) ¿Qué es tu deporte favorito?

正確：¿Cuál es tu deporte favorito?

f) ¿Quién son ellos?

正確：¿Quiénes son ellos?

3. Traduce las siguientes oraciones al español 請將下列句子翻譯成西班牙文：

a) 我高和胖。

Soy alto y gordo.

b) 他們聰明和嚴肅。

Son inteligentes y serios.

c) 我有短髮。

Tengo el pelo corto.

d) －你在哪裡？－我在大學裡。

- ¿Dónde estás? - Estoy en la universidad.

e) －你為什麼學西班牙文？－因為很實用。

- ¿Por qué estudias español? - Porque es muy útil.

f) －你好嗎？－我很好。

- ¿Qué tal estás? - Estoy muy bien.

Unidad 5: Hoy es lunes　　　　第五單元：今天是星期一

一　Lectura　閱讀

安娜：胡安，今天星期幾？

胡安：今天是星期一，為什麼妳在問呢？

安娜：又是星期一……

胡安：加油，安娜！

安娜：今天馬德里天氣如何？

胡安：今天太陽大，天氣熱。

安娜：那溫度如何呢？

胡安：攝氏三十二度。夏天西班牙很熱。

安娜：是的，全伊比利半島都有高溫出現。

胡安：在這裡，在馬德里，夏天很熱，冬天很冷。

安娜：那在西班牙北部，在你的家鄉，夏天氣候如何？

胡安：在北部海岸現在沒那麼熱。氣候比較涼爽，也常下雨。

安娜：那春天和秋天，馬德里天氣如何？

胡安：春天和秋天馬德里天氣很舒適。春天太陽大，但有時候會下雨，風很大。秋天幾乎每天都好天氣。

安娜：我瞭解了！非常謝謝，胡安！

胡安：不客氣，安娜！

a) Según el texto, ¿qué día es hoy? 依照文章，今天星期幾？

    Hoy es lunes. 今天是星期一。

b) ¿Qué tiempo hace hoy en Madrid? 今天馬德里天氣如何？

    Hoy hace sol y calor. 今天太陽大，天氣熱。

c) ¿Qué temperatura hace hoy en Madrid? 今天馬德里溫度幾度？

    32 grados centígrados. 攝氏三十二度。

d) ¿Dónde está España? 西班牙在哪裡？

    En la Península Ibérica. 在伊比利半島。

e) ¿Cómo es el clima en verano en las costas del norte de España?

    西班牙北部海岸夏天氣候如何？

    En las costas del norte no hace ahora tanto calor. Tienen un clima más fresco y

    llueve mucho.

    在北部海岸現在沒那麼熱。氣候比較涼爽，也常下雨。

f) ¿Qué tiempo hace en Madrid en primavera? 春天馬德里天氣如何？

    En primavera hace sol, pero a veces llueve y hace mucho viento.

    春天太陽大，但有時候會下雨，風很大。

g) ¿Qué tiempo hace en Madrid en otoño? 秋天馬德里天氣如何？

    En otoño hace bueno casi todos los días. 秋天幾乎每天都好天氣。

h) ¿Cómo se dice " 我瞭解了！" en español? 「我瞭解了」的西文怎麼説？

    "Comprendo". 「Comprendo」。

二 Vocabulario 單詞

（請依照現況回答）

a) ¿Qué día es hoy? 今天星期幾？

    Hoy es lunes. 今天是星期一。

b) ¿En qué mes estamos? 現在是哪個月？

    Estamos en noviembre. 現在是 11 月。

c) ¿En qué estación estamos? 現在是哪個季節？

Estamos en otoño. 現在是秋天。

d) ¿Cuántos días tiene una semana? 一週共幾天？

7 días. 7 天。

e) ¿Cuántos meses tiene un año? 一年共幾個月？

12 meses. 12 個月。

f) ¿Cuántas estaciones tiene un año? 一年共幾個季節？

4 estaciones. 4 個季節。

三 Gramática 文法

a) ¿(Llueve / Lluvia) Llueve mucho en México? 墨西哥常下雨嗎？

b) Nunca (nieve / nieva) nieva en Marruecos. 摩洛哥從來不下雪。

c) (Hay / hace) Hay una gran tormenta en el norte de Europa. 北歐有大暴風雨。

d) En el sur de España casi siempre (hace / está) hace calor.

西班牙南邊天氣幾乎都很熱。

e) Hoy hace bastante (frío / fría) frío en Madrid. 今天馬德里天氣相當冷。

f) (Hace / hay) Hay mucha niebla en la montaña. 山上有很多霧。

四 Práctica integrada 綜合練習

1. Escribe el nombre de cada fenómeno meteorológico debajo de su imagen
請在圖片下方填入正確的單字：

a) Está soleado / Está despejado

b) Llueve

c) Nieva

d) Hace viento

e) Hay tormenta

f) Está nublado

2. Corrige las siguientes frases (hay un error en cada una) 改錯（每句只有一個錯誤）：

a) Hace niebla en la ciudad.

正確：Hay niebla en la ciudad.

b) En invierno nieve mucho en los Pirineos.

正確：En invierno nieva mucho en los Pirineos.

c) valencia está en la costa mediterránea.

正確：Valencia está en la costa mediterránea.

d) Estamos en Febrero.

正確：Estamos en febrero.

e) Hoy hay nublado.

正確：Hoy está nublado.

f) Ahora está frío en Zaragoza.

正確：Ahora hace frío en Zaragoza.

3. Traduce las siguientes oraciones al español 請將下列句子翻譯成西班牙文：

a) 今天有起霧。

Hoy hay niebla.

b) 馬德里正在下雨。

Ahora llueve en Madrid.

c) 賽維利亞通常很熱。

En Sevilla normalmente hace calor.

d) 西班牙北部天氣涼爽。

En el norte de España hace fresco.

e) 墨西哥有時候下冰雹。

En México a veces graniza.

f) 今天風很大。

Hoy hace mucho viento.

Unidad 6: Estudio en casa　　　　　　第六單元：我在家裡唸書

一 Lectura 閱讀

安娜：你好，胡安！你通常在哪裡唸書？

胡安：我通常在圖書館唸書，妳呢？

安娜：在家裡。

胡安：啊！妳家在哪裡？

安娜：我家離大學很近。

胡安：妳家如何？

安娜：我家相當小，但很舒適。

胡安：妳家有幾個房間？

安娜：我家有六個房間。

胡安：妳家有哪些房間？

安娜：我家有一間廚房，兩間臥室，一間客廳，一間飯廳和一間廁所。

胡安：妳家的客廳有哪些家具？

安娜：我家的客廳有一個沙發，一個扶手椅，一張桌子和四張椅子。

胡安：最後一個問題：桌子在哪裡？

安娜：桌子在沙發和扶手椅中間。

胡安：太好了！現在我已經對妳家比較熟了。我們看看妳何時邀請我！

安娜：再說吧！祝你一切順利，胡安！

胡安：妳也是，安娜！

a) ¿Dónde estudia normalmente Juan?　胡安通常在哪裡唸書？

　　Normalmente estudia en la biblioteca.　他通常在圖書館唸書。

b) ¿Dónde está la casa de Ana?　安娜的家在哪裡？

　　Su casa está muy cerca de la universidad.　她家離大學很近。

c) ¿Cómo es su casa?　她家如何？

　　Su casa es bastante pequeña, pero muy agradable.　她家相當小，但很舒適。

d) ¿Cuántas habitaciones hay en su casa?　她家有幾個房間？

　　En su casa hay seis habitaciones.　她家有六個房間。

e) ¿Qué habitaciones hay en su casa?　她家有哪些房間？

　　En su casa hay una cocina, dos dormitorios, un salón, un comedor y un cuarto de baño.

　　她家有一間廚房，兩間臥室，一間客廳，一間飯廳和一間廁所。

f) ¿Qué muebles hay en el salón de su casa?　她家的客廳有哪些家具？

　　En el salón de su casa hay un sofá, un sillón, una mesa y cuatro sillas.

　　她家的客廳有一個沙發，一個扶手椅，一張桌子和四張椅子。

g) ¿Dónde está la mesa?　桌子在哪裡？

　　La mesa está entre el sofá y el sillón.　桌子在沙發和扶手椅中間。

h) ¿Cómo se dice " 再說吧！" en español?　「再說吧！」的西文怎麼說？

　　"¡Ya veremos!".　「¡Ya veremos!」。

㈡ Vocabulario 單詞

a) Cama   b) Frigorífico

c) Lavadora   d) Sofá

e) Silla   f) Váter / Wáter / Inodoro

㈢ Gramática 文法

a) Tú trabajas (trabajar) en una escuela. 你在學校裡工作。

b) Yo toco (tocar) el piano. 我彈鋼琴。

c) Ellos desayunan (desayunar) en casa. 他們在家裡吃早餐。

d) Juan y yo jugamos (jugar) mucho con nuestros amigos. 胡安和我常跟朋友玩。

e) Vosotros habláis (hablar) chino, inglés y un poco de español.

     你們會説中文、英文和一點西文。

f) Isabel compra (comprar) en el supermercado. 伊莎貝爾在超市買菜。

g) Nosotras descansamos (descansar) los domingos. 我們週日休息。

h) Yo cocino (cocinar) comida española. 我煮西班牙菜。

㈣ Práctica integrada 綜合練習

1. Responde a las siguientes preguntas 請回答下列問題：

（請依照現況回答）

a) ¿Dónde está tu casa? 你家在哪裡？

     Mi casa está en Taichung. 我家在臺中。

b) ¿Cómo es tu casa? 你家如何？

     Mi casa es grande y bonita. 我家又大又美。

c) ¿Cuántas habitaciones hay en tu casa? 你家有幾個房間？

     En mi casa hay cinco habitaciones. 我家有五個房間。

d) ¿Qué habitaciones hay en tu casa? 你家有哪些房間？

     En mi casa hay una cocina, un salón, dos dormitorios y un cuarto de baño.

     我家有一間廚房，一間客廳，兩間臥室和一間廁所。

e) ¿Qué muebles hay en la cocina de tu casa? 你家的廚房有哪些家具？

     En la cocina de mi casa hay una cocina eléctrica, un frigorífico, un horno, una

     mesa y cuatro sillas.

     我家的廚房有一個電爐，一個冰箱，一個烤箱，一張桌子和四張椅子。

f) ¿Dónde está el sofá? 沙發在哪裡？

El sofá está en el salón. 沙發在客廳。

2. Corrige las siguientes frases (hay un error en cada una) 改錯（每句只有一個錯誤）：

a) Tú alquilo un piso.

正確：Tú alquilas un piso. 或 Yo alquilo un piso.

b) Pedro y Juan cantamos en el karaoke.

正確：Pedro y Juan cantan en el karaoke. 或 Nosotros cantamos en el karaoke.

c) Ellos visitas a sus padres los fines de semana.

正確：Ellos visitan a sus padres los fines de semana.

d) Yo normalmente cenó en casa.

正確：Yo normalmente ceno en casa.

e) Ana bailan muy bien.

正確：Ana baila muy bien. 或 Ellos bailan muy bien.

f) Nosotros ayudáis a los demás.

正確：Nosotros ayudamos a los demás. 或 Vosotros ayudáis a los demás.

3. Traduce las siguientes oraciones al español 請將下列句子翻譯成西班牙文：

a) 他在學校裡工作。

Trabaja en una escuela.

b) 我幫助其他人。

Ayudo a los demás.

c) 我們通常在家裡吃晚餐。

Normalmente cenamos en casa.

d) 他週日休息。

Descansa los domingos.

e) 他們不會説日文。

No hablan japonés.

f) 你們唱歌不好。

No cantáis bien. 或 Cantáis mal.

■ Lectura 閱讀

服務生：午安！第一道菜想要吃什麼？

客人：第一道菜，西班牙臘腸小扁豆。

服務生：第二道菜呢？

客人：第二道菜，牛排佐馬鈴薯。

服務生：最佳選擇！您想要喝什麼呢？

客人：請給我紅酒。

（半小時後）

服務生：菜餚如何？

客人：都很好吃喔，謝謝。

服務生：甜點想要吃什麼？

客人：卡士達。

服務生：想要喝咖啡或茶包嗎？

客人：請給我一杯黑咖啡。

（十五分鐘後）

客人：請買單。

服務生：是的，在這裡（給你）。

客人：我會想要付現。

服務生：好的！沒問題！

客人：在這裡（給你）。非常謝謝！

服務生：謝謝您！待會見！

a) ¿Dónde come? 她在哪裡吃飯？

　　Come en un restaurante. 她在餐廳吃飯。

b) ¿Qué quiere tomar de primero? 第一道菜想要吃什麼？

　　Lentejas con chorizo. 西班牙臘腸小扁豆。

c) ¿Qué quiere tomar de segundo? 第二道菜想要吃什麼？

　　Filete de ternera con patatas. 牛排佐馬鈴薯。

d) ¿Qué quiere tomar para beber? 飲料想要喝什麼？

　　Vino tinto. 紅酒。

e) ¿Qué quiere tomar de postre? 甜點想要吃什麼？

　　Natillas. 卡士達。

f) ¿Toma café? 她喝咖啡嗎？

　　Sí, toma café. 是的，她喝咖啡。

g) ¿Cómo paga? 她如何付錢？

　　Paga en efectivo. 她付現。

h) ¿Cómo se dice " 沒問題！" en español? 「沒問題！」的西文怎麼說？

　　"¡Sin ningún problema!". 「¡Sin ningún problema!」。

二 Vocabulario 單詞

a) Gazpacho　　　　　　　　　　b) Paella

c) Filete de ternera con patatas　　d) Tortilla de patata

e) Arroz con leche　　　　　　　 f) Helado

三 Gramática 文法

a) Nosotros hacemos (hacer) los deberes. 我們做功課。

b) Yo tengo (tener) 18 años. 我十八歲。

c) Ellos leen (leer) mucho. 他們看很多書。

d) Elisa y yo bebemos (beber) un café. 伊利莎和我喝一杯咖啡。

e) Vosotros aprendéis (aprender) a tocar la guitarra. 你們學習彈吉他。

f) Tú vendes (vender) fruta en el supermercado. 你在超市賣水果。

g) Usted comprende (comprender) todo muy bien. 您對一切都很理解。

h) Luis sabe (saber) la verdad. 路易知道真相。

翻譯和
答案

7

四 Práctica integrada 綜合練習

1. Clasifica las siguientes palabras según su significado 請將以下單字依照語義分類：

Primer plato	Segundo plato	Postre
Lentejas con chorizo Cocido de garbanzos Sopa	Chuleta de cerdo Pechugas de pollo a la plancha	Arroz con leche Natillas Helado

2. Corrige las siguientes frases (hay un error en cada una) 改錯（每句只有一個錯誤）：

a) Ana y Juan corremos por el parque.

　　正確：Ana y Juan corren por el parque. 或 Nosotros corremos por el parque.

b) Ellos debe dinero en la tienda.

　　正確：Ellos deben dinero en la tienda. 或 Él debe dinero en la tienda.

c) No se cómo responder a esta pregunta.

　　正確：No sé cómo responder a esta pregunta.

d) Yo haco los deberes todos los días.

　　正確：Yo hago los deberes todos los días.

e) Nosotros bebéis agua.

　　正確：Nosotros bebemos agua. 或 Vosotros bebéis agua.

f) Tú es muy inteligente.

　　正確：Tú eres muy inteligente. 或 Él es muy inteligente.

3. Traduce las siguientes oraciones al español 請將下列句子翻譯成西班牙文：

a) 安娜回答老師的問題。

　　Ana responde a la pregunta del profesor.

b) 我在超市欠二十歐。

　　Debo 20 euros en el supermercado.

c) 你看不清楚。

　　No ves bien.

d) 第一道菜我想要吃西班牙燉飯。

　　De primero quiero paella.

e) 第二道菜我想要吃炸鱈魚。

　　De segundo quiero merluza a la romana.

f) 甜點我想要吃米布丁。

　　De postre quiero arroz con leche.

一 Lectura 閱讀

卡門：你好，路易！你家在哪裡？

路易：妳好，卡門！我家離大學很遠。

卡門：你住哪裡？

路易：我住保平路。

卡門：那保平路到底在哪裡呢？

路易：在新北市永和區。

卡門：那我們彼此相距有一點遠。

路易：太可惜了！妳住在哪裡？

卡門：我住離大學很近，在和平東路一段。

路易：啊！那妳住在臺北市，是嗎？

卡門：是的！在大安區。

路易：在和平東路幾號？

卡門：一百五十號，為什麼（問）？

路易：因為我的祖父母住在同一條路。

卡門：好巧！那你知道的，有空的時候歡迎來拜訪我。

路易：我會這麼做！謝謝妳的邀請，卡門！

卡門：不客氣，路易！稍後見！

路易：待會見！

a) ¿Está cerca de la universidad la casa de Luis? 路易家離大學近嗎？

No, su casa está lejos de la universidad. 不，他家離大學很遠。

b) ¿Dónde vive Luis? 路易住在哪裡？

Vive en la Avenida Baoping. 他住保平路。

c) ¿Y Carmen? 卡門呢？

Vive en la Avenida Heping Este, sección 1. 她住和平東路一段。

d) ¿En qué número vive Carmen? 卡門住在幾號？

En el número 150. 一百五十號。

e) ¿Quiénes viven también en la Avenida Heping Este? 誰也住在和平東路？

　　Los abuelos de Luis. 路易的祖父母。

f) ¿Invita Carmen a Luis a hacerle una visita? 卡門邀請路易拜訪她嗎？

　　Sí, Carmen invita a Luis a hacerle una visita. 是的，卡門邀請路易拜訪她。

g) ¿Acepta Luis la invitación? 路易接受邀請嗎？

　　Sí, Luis acepta la invitación. 是的，路易接受邀請。

h) ¿Cómo se dice " 好巧！" en español? 「好巧！」的西文怎麼說？

　　"¡Qué coincidencia!". 「¡Qué coincidencia!」。

二 Vocabulario 單詞

a) El padre de mi madre es mi abuelo. 我母親的父親是我外公。

b) El hijo de mis padres es mi hermano. 我父母的兒子是我兄弟。

c) La madre de mi padre es mi abuela. 我父親的母親是我奶奶。

d) El hijo de mis abuelos es mi padre. 我祖父母的兒子是我父親。

e) El hermano de mi padre es mi tío. 我父親的兄弟是我伯伯 / 叔叔。

f) La hija de mis abuelos es mi madre. 我祖父母的女兒是我母親。

g) La hermana de mi madre es mi tía. 我母親的姊妹是我阿姨。

h) La mujer de mi padre es mi madre. 我父親的妻子是我母親。

三 Gramática 文法

a) Nosotros compartimos (compartir) piso. 我們同住。

b) Yo voy (ir) al restaurante. 我去餐廳。

c) Ellos vienen (venir) de la oficina de correos. 他們從郵局來的。

d) Luis y yo subimos (subir) las escaleras. 路易和我上樓梯。

e) Vosotros siempre decidís (decidir) lo mejor para todos. 你們總是為大家做最好的決定。

f) Tú escribes (escribir) muchas cartas. 你寫很多信。

g) Ana abre (abrir) la puerta. 安娜開門。

h) Ustedes describen (describir) muy bien la situación. 您們好好描述狀況。

四 **Práctica integrada** 綜合練習

1. Describe las relaciones familiares que muestra el árbol genealógico

請描述下列家庭樹顯示的家庭關係：

a) Abuela   b) Abuelo   c) Madre / Mamá

d) Padre / Papá   e) Tío   f) Tía

g) Hermano   h) Hermana   i) Yo

2. Corrige las siguientes frases (hay un error en cada una) 改錯（每句只有一個錯誤）：

a) Luis y Jaime vive en la Nueva Ciudad de Taipei.

    正確：Luis y Jaime viven en la Nueva Ciudad de Taipei.

             或 Él vive en la Nueva Ciudad de Taipei.

b) Yo veno siempre a clase.

    正確：Yo vengo siempre a clase.

c) Tú no escribe bien.

    正確：Tú no escribes bien. 或 Él no escribe bien.

d) Nosotros subimos a montaña todos los fines de semana.

    正確：Nosotros subimos a la montaña todos los fines de semana.

e) Vosotros recibis muchas cartas.

    正確：Vosotros recibís muchas cartas.

f) Yo voi a la universidad en metro.

    正確：Yo voy a la universidad en metro.

3. Traduce las siguientes oraciones al español 請將下列句子翻譯成西班牙文：

a) 我爸爸的弟弟是我叔叔。

    El hermano menor de mi padre es mi tío.

b) 彼得住在高雄市。

    Pedro vive en la Ciudad de Kaohsiung.

c) 我們不住在西班牙。

    No vivimos en España.

d) 他們每週日去看電影。

   Todos los domingos van al cine.

e) 他媽媽受很多苦。

   Su madre sufre mucho.

f) 胡安開門。

   Juan abre la puerta.

Unidad 9: ¿Qué hora es?　　　　　第九單元：現在幾點？

一　Lectura　閱讀

安娜：你好，胡安！現在幾點？

胡安：妳好，安娜！現在是早上九點半。

安娜：好晚！我早上十點二十在大學有課。

胡安：妳怎麼去大學？

安娜：我搭捷運。

胡安：捷運快速又方便。此外，很便宜，一張票新臺幣十六到四十元之間。

安娜：是的，我也這麼認為。那你呢，今天有課嗎？

胡安：是的，我下午有課。

安娜：從幾點到幾點？

胡安：從下午一點二十到五點二十。

安娜：你的教室如何？

胡安：我的教室又大又新。

安娜：那在你的教室裡有什麼？

胡安：在我的教室裡有很多桌子和椅子，一個黑板，不同顏色的粉筆，相當多板擦，
　　　還有一張世界地圖。

安娜：好羨慕！我的教室又小又舊，還有裡面沒有像你的教室有那麼多東西。

胡安：或許下學期妳會在另一間教室，別擔心。

安娜：希望如此！那，胡安，我要搭捷運去大學了。祝你有個美好的一天！待會見！

胡安：妳也是，安娜！再見！

a) ¿Qué hora es? 現在幾點？

　　Son las nueve y media de la mañana. 現在是早上九點半。

b) ¿Cómo va Ana a la universidad? 安娜怎麼去大學？

　　Va en metro. 她搭捷運。

c) ¿Cómo es el metro? 捷運如何？

　　El metro es rápido y cómodo. Además, es muy barato.

　　捷運快速又方便。此外，很便宜。

d) ¿Cuánto cuesta un billete de metro? 一張票多少錢？

　　Un billete cuesta entre 16 y 40 nuevos dólares de Taiwán.

　　一張票新臺幣十六到四十元之間。

e) ¿Cuál es el horario de clase de Juan? 胡安的課表為何？

　　Desde la una y veinte hasta las cinco y veinte de la tarde.

　　從下午一點二十到五點二十。

f) ¿Cómo es la clase de Juan? 胡安的教室如何？

　　Su clase es grande y nueva. 他的教室又大又新。

g) ¿Qué hay en su clase? 他的教室裡有什麼？

　　En su clase hay muchas mesas y sillas, una pizarra, tizas de diferentes colores,

　　bastantes borradores y un mapa del mundo.

　　在他的教室有很多桌子和椅子，一個黑板，不同顏色的粉筆，相當多板擦，還有一

　　張世界地圖。

h) ¿Cómo se dice " 好羨慕！" en español? 「好羨慕！」的西文怎麼說？

　　"¡Qué envidia!". 「¡Qué envidia!」。

二 Vocabulario 單詞

a) Bolígrafo　　　　　b) Cuaderno　　　　　c) Estuche

d) Mapa　　　　　　　e) Mochila　　　　　　f) Sacapuntas

三 Gramática 文法

a) Son las siete y veinticinco de la mañana.

b) Son las once menos cuarto de la mañana.

c) Son las doce en punto del mediodía.

d) Es la una y media de la tarde.

e) Son las tres menos diez de la tarde.

f) Son las cinco y cuarto de la tarde.

g) Son las ocho y cinco de la tarde.

h) Son las doce menos veinticinco de la noche.

四 **Práctica integrada** 綜合練習

1. ¿Para qué se usan los siguientes objetos? Completa los huecos con el infinitivo correspondiente 請問下列物品的用途為何？請用原形動詞填空：

a) El bolígrafo se usa para escribir. 原子筆是拿來寫字的。

b) La goma de borrar se usa para borrar. 橡皮擦是拿來擦東西的。

c) La tijera se usa para cortar. 剪刀是拿來剪東西的。

d) La tiza se usa para escribir. 粉筆是拿來寫字的。

e) El pegamento se usa para pegar. 膠水是拿來黏東西的。

f) La calculadora se usa para calcular. 計算機是拿來算東西的。

2. Corrige las siguientes frases (hay un error en cada una) 改錯（每句只有一個錯誤）：

a) Son la una y media de la tarde.

　　正確：Es la una y media de la tarde.

b) Son las nueve menos cuarto de la tarde.

　　正確：Son las nueve menos cuarto de la noche.

　　　　　或 Son las nueve menos cuarto de la mañana.

c) Qué hora es?

　　正確：¿Qué hora es?

d) Mi color favorito es el naranjo.

　　正確：Mi color favorito es el naranja.

e) Estos bolígrafos son azuls.

　　正確：Estos bolígrafos son azules.

f) En el estuche hay dos lápizes.

　　正確：En el estuche hay dos lápices.

3. Traduce las siguientes oraciones al español 請將下列句子翻譯成西班牙文：

a) 教室裡有十五支原子筆、十八支鉛筆、十七個橡皮擦和十六個削鉛筆機。

En la clase hay 15 bolígrafos, 18 lápices, 17 gomas de borrar y 16 sacapuntas.

b) 現在是早上十點四十五分。

Ahora son las once menos cuarto de la mañana.

c) 我最喜歡的顏色是綠色。

Mi color favorito es el verde.

d) 他搭公車去醫院。

Va en autobús al hospital.

e) 你的筆記是很完整的。

Tus apuntes son muy completos.

f) 祝你有個美好的一天！

¡Que tengas un buen día!

Unidad 10: Todas las mañanas me ducho y me afeito　　　第十單元：我每天早上洗澡和刮鬍子

一 Lectura 閱讀

卡門：你好，路易！你每天早上去上班前做什麼？

路易：妳好，卡門！我每天早上去上班前在家裡洗澡和刮鬍子。

卡門：那你幾點開始上班？

路易：我早上八點半開始上班，妳呢？

卡門：我早上九點整開始上班，但我很早起床，六點半的時候。

路易：為什麼？

卡門：因為我需要很多時間吃早餐和選衣服。

路易：那妳最喜歡哪件衣服？

卡門：我最喜歡的衣服是長褲。又舒服又典雅！

路易：同意！那，卡門，妳今天幾點下班？

卡門：一如既往，我晚上六點整下班。

路易：如果妳想要，我們可以在那間舒適、離妳學校很近的日本餐廳一起吃晚餐。

卡門：一言為定！我們晚上六點半在餐廳見，好嗎？

路易：太好了！下午見！

卡門：待會見！

翻譯和
答案
10

a) ¿Qué hace Luis todas las mañanas antes de ir a trabajar?

路易每天早上去上班前做什麼？

Todas las mañanas se ducha y se afeita en casa antes de ir a trabajar.

他每天早上去上班前在家裡洗澡和刮鬍子。

b) ¿A qué hora empieza Luis a trabajar? 路易幾點開始上班？

Empieza a trabajar a las ocho y media de la mañana. 他早上八點半開始上班。

c) ¿A qué hora se levanta Carmen? 卡門幾點起床？

Se levanta a las seis y media de la mañana. 她早上六點半起床。

d) ¿Por qué se levanta pronto Carmen? 為什麼卡門那麼早起床？

Porque necesita mucho tiempo para desayunar y elegir la ropa.

因為她需要很多時間吃早餐和選衣服。

e) ¿Cuál es la prenda de ropa favorita de Carmen? 卡門最喜歡哪件衣服？

Su prenda de ropa favorita son los pantalones largos. 她最喜歡的衣服是長褲。

f) ¿A qué hora termina Carmen de trabajar? 卡門幾點下班？

Termina de trabajar a las seis en punto de la tarde. 她晚上六點整下班。

g) ¿Qué le propone Luis? 路易跟她提議什麼？

Le propone cenar juntos. 他提議一起吃晚餐。

h) ¿Cómo se dice "一言為定！" en español？ 「一言為定！」的西文怎麼説？

"¡Hecho!". 「¡Hecho!」。

📃 Vocabulario 單詞

a) Camisa   b) Pantalones largos   c) Falda

d) Chaqueta   e) Abrigo   f) Calcetines

📃 Gramática 文法

a) Nosotros nos levantamos (levantarse) pronto todos los días. 我們每天很早起床。

b) Yo me ducho (ducharse) por las noches. 我晚上的時候洗澡。

c) Ellos se lavan (lavarse) los dientes tres veces al día. 他們一天刷三次牙。

d) Ana y yo nos acostamos (acostarse) tarde. 安娜和我很晚去睡覺。

e) Vosotras os maquilláis (maquillarse) mucho. 妳們化很多妝。

f) Tú te afeitas (afeitarse) dos veces a la semana. 你一週刮兩次鬍子。

g) Luis se quita (quitarse) la chaqueta. 路易脫夾克。

h) El niño se peina (peinarse) en el baño. 小男孩在廁所梳頭。

四 Práctica integrada 綜合練習

1. Clasifica las siguientes palabras según su significado 請將以下單字依照語義分類：

Ropa	Calzado	Complementos
Camisa	Zapatos	Cinturón
Camiseta	Deportivas	Corbata
Vestido	Sandalias	

2. Corrige las siguientes frases (hay un error en cada una) 改錯（每句只有一個錯誤）：

a) Empezamos trabajar a las ocho y cuarto de la mañana.

正確：Empezamos a trabajar a las ocho y cuarto de la mañana.

b) Ana siempre se qita la chaqueta en la oficina.

正確：Ana siempre se quita la chaqueta en la oficina.

c) Me no peino por las tardes.

正確：No me peino por las tardes. 或 Me peino por las tardes.

d) Todos los días Pedro se acosta a las once y media de la noche.

正確：Todos los días Pedro se acuesta a las once y media de la noche.

e) Juan y Jaime llevan un chandal de marca.

正確：Juan y Jaime llevan un chándal de marca.

f) Si tienes tiempo, puedo estudiar español juntos.

正確：Si tienes tiempo, podemos estudiar español juntos.

3. Traduce las siguientes oraciones al español 請將下列句子翻譯成西班牙文：

a) 他們下午五點半下班。

Terminan de trabajar a las cinco y media de la tarde.

b) 我不會很晚上床。

No me acuesto muy tarde.

c) 他最喜歡的配件是皮帶。

Su complemento favorito es el cinturón.

d) 今天中午我們可以一起吃午餐，好嗎？

Hoy al mediodía podemos comer juntos, ¿vale?

e) 我們每天晚上洗澡。

Nos duchamos todos los días por la noche.

f) 這雙鞋子很貴。

Este par de zapatos es muy caro.

Unidad 11: Me gusta estudiar español　　第十一單元：我喜歡學西班牙文

■ Lectura 閱讀

胡安：妳好，安娜！休閒時間妳喜歡做什麼？

安娜：你好，胡安！我喜歡在休閒時間學西班牙文。

胡安：是嗎？為什麼？

安娜：因為西班牙文是一種實用又有趣的語言。

胡安：同意！那除了學西班牙文之外，妳喜歡哪些休閒活動？

安娜：我喜歡聽音樂、做運動、去看電影和打籃球，那你呢？

胡安：那我喜歡踢足球、看電視、去爬山和上網。

安娜：你有喜歡彈什麼樂器嗎？

胡安：是的，我喜歡彈鋼琴，那妳呢？

安娜：我不喜歡，我喜歡彈吉他。

胡安：那妳喜歡去音樂會嗎？

安娜：我比較喜歡去看戲。

胡安：看來我們有相當不同的喜好。

安娜：沒錯，像成語所說的，多樣化是生活的調味料。

a) ¿Por qué estudia Ana español? 為什麼安娜學西班牙文？

Porque el español es una lengua muy útil e interesante.

因為西班牙文是一種實用又有趣的語言。

b) ¿Qué actividades de ocio le gustan a Ana? 安娜喜歡哪些休閒活動？

Le gusta escuchar música, hacer deporte, ir al cine y jugar al baloncesto.

她喜歡聽音樂、做運動、去看電影和打籃球。

c) ¿Y a Juan? 胡安呢？

Le gusta jugar al fútbol, ver la televisión, ir a la montaña y navegar por Internet.

他喜歡踢足球、看電視、去爬山和上網。

d) ¿Qué instrumento musical le gusta tocar a Juan? 胡安喜歡彈什麼樂器？

Le gusta tocar el piano. 他喜歡彈鋼琴。

e) ¿Le gusta tocar a Ana el piano? 安娜喜歡彈鋼琴嗎？

No, a Ana le gusta tocar la guitarra. 不，她喜歡彈吉他。

f) ¿Qué le gusta más a Ana: ir a conciertos o ir al teatro?

安娜比較喜歡什麼：去音樂會或去看戲？

Le gusta más ir al teatro. 她比較喜歡去看戲。

g) ¿Tienen Juan y Ana los mismos gustos o gustos diferentes?

胡安和安娜有一樣的還是不一樣的喜好？

Tienen gustos diferentes. 他們有不一樣的喜好。

h) ¿Cómo se dice " 多樣化是生活的調味料 " en español?

「多樣化是生活的調味料」的西文怎麼說？

"En la variedad está el gusto". 「En la variedad está el gusto」。

二 Vocabulario 單詞

a) Escuchar la radio   b) Ver la televisión   c) Tocar la guitarra

d) Navegar por Internet   e) Ir de copas   f) Jugar al fútbol

三 Gramática 文法

a) A nosotros nos gusta bastante hacer deporte. 我們相當喜歡做運動。

b) A ellos les gusta ir a la playa. 他們喜歡去海邊。

c) A ti no te gusta nada ir al campo. 你一點都不喜歡去鄉下。

d) A vosotros os gustan los complementos. 你們喜歡配件。

e) A usted no le gusta ir de copas. 您不喜歡去喝一杯。

f) A Juan le gustan mucho los idiomas. 胡安很喜歡語言。

翻譯和答案 11

g) A mí me gusta montar en bicicleta. 我喜歡騎腳踏車。

h) A Luisa le gusta poco chatear con amigos. 路易莎不太喜歡跟朋友聊天。

四 Práctica integrada 綜合練習

1. Usa la información de la tabla y completa los diálogos siguiendo el modelo
請看表格的資料並依照例子填寫下列對話：

NOMBRE: Juan.
LE GUSTA: Escuchar música, ver la televisión, ir al cine, jugar al baloncesto.
NO LE GUSTA: Leer novelas, ir al teatro.

NOMBRE: Ana.
LE GUSTA: Leer novelas, ir al cine, escuchar música.
NO LE GUSTA: Ver la televisión, ir al teatro, jugar al baloncesto.

NOMBRE: Luisa.
LE GUSTA: Leer novelas, ir al cine, ir al teatro.
NO LE GUSTA: Escuchar música, jugar al baloncesto, ver la televisión.

Ana: ¿Te gusta ver la televisión? 你喜歡看電視嗎？

Juan: Sí, ¿y a ti? 是的，那妳呢？

Ana: A mí no. 我不喜歡。

a) Luisa: ¿Te gusta ir al cine? 妳喜歡去看電影嗎？

　　Ana: Sí, ¿y a ti? 是的，那妳呢？

　　Luisa: A mí también. 我也喜歡。

b) Luisa: ¿Te gusta leer novelas? 你喜歡看小説嗎？

　　Juan: No, ¿y a ti? 不，那妳呢？

　　Luisa: A mí sí. 我喜歡。

c) Ana: ¿Te gusta jugar al baloncesto? 妳喜歡打籃球嗎？

　　Luisa: No, ¿y a ti? 不，那妳呢？

　　Ana: A mí tampoco. 我也不喜歡。

d) Juan: ¿Te gusta escuchar música? 妳喜歡聽音樂嗎？

    Luisa: No, ¿y a ti? 不，那你呢？

    Juan: A mí sí. 我喜歡。

e) Juan: ¿Te gusta ir al teatro? 妳喜歡去看戲嗎？

    Ana: No, ¿y a ti? 不，那你呢？

    Juan: A mí tampoco. 我也不喜歡。

2. Corrige las siguientes frases (hay un error en cada una) 改錯（每句只有一個錯誤）：

a) Me gusta voy de compras con mis amigas.

    正確：Me gusta ir de compras con mis amigas.

b) Le gusta bastantes ir de copas.

    正確：Le gusta bastante ir de copas.

c) No nos nada gusta jugar al fútbol.

    正確：No nos gusta nada jugar al fútbol. 或 No nos gusta jugar al fútbol.

d) Me encanta mucho ir a la montaña.

    正確：Me encanta ir a la montaña.

e) No me gusta escuchar la radio y escuchar música.

    正確：No me gusta escuchar la radio ni escuchar música.

        或 Me gusta escuchar la radio y escuchar música.

f) A Carmen te gusta viajar.

    正確：A Carmen le gusta viajar. 或 Te gusta viajar. 或 A ti te gusta viajar.

翻譯和答案

11

3. Traduce las siguientes oraciones al español 請將下列句子翻譯成西班牙文：

a) －我喜歡去音樂會，你呢？－我也喜歡。

    - Me gusta ir a conciertos, ¿y a ti? - A mí también.

b) 你喜不喜歡上網？

    ¿Te gusta navegar por Internet?

c) 安娜很喜歡看電影。

    A Ana le gusta mucho ver películas.

d) 他們一點都不喜歡彈吉他。

    No les gusta nada tocar la guitarra.

e) 一我們不喜歡跟朋友出去，你呢？一我喜歡。

　　- No nos gusta salir con amigos, ¿y a ti? - A mí sí.

f) 你們熱愛去旅遊。

　　Os encanta ir de viaje.

Unidad 12: La fruta es más cara que el arroz　　第十二單元：水果比米飯貴

一　Lectura　閱讀

店員：早安！想要買什麼？

客人：你好！我想要買一公斤的米。

店員：很好！今天有特別優惠：米飯一公斤只要一歐元！還想要其他東西嗎？

客人：是的，橘子一公斤多少錢？

店員：橘子一公斤兩歐元。通常水果比米飯貴，但我們的水果不會像其它攤位那麼貴。

客人：那也請給我半公斤橘子。

店員：好的！還想要其他東西嗎？

客人：是的，您有蘋果嗎？

店員：是的，我們有綠色和紅色的蘋果。綠色的蘋果比紅色的新鮮，但紅色的比綠色的便宜。

客人：一公斤多少錢？

店員：綠色的蘋果一公斤一點二五歐元和紅色的蘋果一公斤零點九九歐元。

客人：那我買一公斤綠色的蘋果和兩公斤紅色的蘋果。

店員：太好了！還想要其他東西嗎？

客人：不用，這樣子就可以，謝謝。共多少錢？

店員：五點二三歐元。

客人：在這裡（給你）。非常謝謝！

店員：謝謝您！待會見！

客人：再見！

a) ¿A cuánto está el kilo de arroz?　米飯一公斤多少錢？

　　El kilo de arroz está a un euro.　米飯一公斤一歐元。

b) ¿A cuánto está el kilo de naranjas?　橘子一公斤多少錢？

　　El kilo de naranjas está a dos euros.　橘子一公斤二歐元。

c) ¿Es el arroz más caro que la fruta? 米飯比水果貴嗎？

No, la fruta es más cara que el arroz. 不，水果比米飯貴。

d) ¿Qué dos tipos de manzanas se venden? 店員賣哪兩種蘋果？

Manzanas verdes y rojas. 綠色和紅色的蘋果。

e) ¿Qué manzanas son más baratas? 哪種蘋果比較便宜？

Las rojas son más baratas que las verdes. 紅色的比綠色的便宜。

f) ¿Qué compra finalmente el cliente? 後來客人買什麼？

Un kilo de arroz, medio kilo de naranjas, un kilo de manzanas verdes y dos kilos de manzanas rojas.

一公斤米飯，半公斤橘子，一公斤綠色的蘋果和兩公斤紅色的蘋果。

g) ¿Cuánto es todo? 總共多少錢？

Cinco euros con veintitrés céntimos. 五點二三歐元。

h) ¿Cómo se dice " 還想要其他東西嗎？ " en español?

「還想要其他東西嗎？」的西文怎麼說？

"¿Algo más?" o "¿Alguna cosa más?". 「¿Algo más?」或「¿Alguna cosa más?」。

二 Vocabulario 單詞

a) Pan
b) Pescado
c) Carne
d) Gamba
e) Huevos
f) Manzana

翻譯和答案

12

三 Gramática 文法

a) En esta clase hay tantos estudiantes como en esa. 這間教室和那間教室學生一樣多。

b) Ana es rica. Ella tiene más dinero que Juan. 安娜是富有的。她比胡安有錢。

c) No escribo tan bien como ella. 我寫字沒有像她那麼好。

d) Pedro es muy vago. Estudia menos que yo. 彼得很懶惰。他唸書(的時間)比我少。

e) Pablo tiene tantas manzanas como Luis. 保羅和路易有一樣多的蘋果。

f) Ellos son tan simpáticos como vosotros. 他們和你們一樣熱情。

g) Elisa tiene tantos bolígrafos como Carmen. 伊利莎和卡門有一樣多的原子筆。

h) Nosotros trabajamos más horas que ellos. 我們工作時數比他們長。

四 Práctica integrada 綜合練習

1. Clasifica las siguientes palabras según su significado 請將以下單字依照語義分類：

Fruta	Verdura	Carne
Naranja	Patata	Pollo
Manzana	Lechuga	Ternera
Plátano		Cerdo

2. Corrige las siguientes frases (hay un error en cada una) 改錯（每句只有一個錯誤）：

a) La carne es tan caro como el pescado.

正確：La carne es tan cara como el pescado.

b) Tenemos tantos naranjas como ella.

正確：Tenemos tantas naranjas como ella

c) El vino es mas caro que la cerveza.

正確：El vino es más caro que la cerveza.

d) El marisco es menos barato como el pescado.

正確：El marisco es menos barato que el pescado. 或

El marisco es tan barato como el pescado.

e) Este aceite de oliva es más mejor que ese.

正確：Este aceite de oliva es mejor que ese.

f) Sus hermanos mayors son tan altos como los míos.

正確：Sus hermanos mayores son tan altos como los míos.

3. Traduce las siguientes oraciones al español 請將下列句子翻譯成西班牙文：

a) 蘋果和香蕉一樣好吃。

Las manzanas son tan buenas como los plátanos.

b) 安娜比胡安矮。

Ana es más baja que Juan.

c) 餐廳比酒吧貴。

El restaurante es más caro que el bar.

d) 這件襯衫跟這件夾克一樣優雅。

Esta camisa es tan elegante como esta chaqueta.

e) 我的姊妹比你小。

Mi hermana es menor que tú.

f) 我有跟路易一樣多的蝦子。

Tengo tantas gambas como Luis.

Unidad 13: Sigue recto y coge la primera a la derecha 　第十三單元：一直走，第一條街右轉

一 Lectura 閱讀

路易：妳好，卡門！妳知道怎麼去藥局嗎？

卡門：你好，路易！你怎麼了？

路易：我感冒了，我想要在藥局買一些藥品。

卡門：你想要去哪間藥局？

路易：離這裡最近的。

卡門：太好了！你看，一直走，第一條街右轉。看到紅綠燈時，由斑馬線過馬路。
　　　然後，一直走，第二條街左轉。藥局剛好在那邊，在那條街的三號。

路易：感覺沒有很遠。

卡門：很近。此外，藥劑師很友善。

路易：妳認識他嗎？

卡門：是的，他是我父母的好朋友。

路易：好巧！世界真小！

卡門：如果你找不到藥局，你可以打我手機。

路易：妳的手機號碼幾號？

卡門：一如既往。我的手機號碼是 610 29 37 56。

路易：謝謝，卡門！

卡門：不客氣，路易！早日康復！

a) ¿Adónde quiere ir Luis?　路易想要去哪裡？

Quiere ir a la farmacia.　他想要去藥局。

b) ¿Por qué?　為什麼？

Porque está resfriado y quiere comprar algunas medicinas.

因為他感冒了，而想要買一些藥品。

c) ¿Cómo se va a ese lugar desde su ubicación actual?

從他目前的位置怎麼走到那個地方？

Sigue todo recto y coge la primera a la derecha. Cuando veas un semáforo, cruza la calle por el paso de cebra. Después, sigue todo recto y gira la segunda calle a la izquierda. La farmacia está ahí mismo, en el número 3 de esa calle.

一直走，第一條街右轉。看到紅綠燈時，由斑馬線過馬路。然後，一直走，第二條街左轉。藥局剛好在那邊，在那條街的三號。

d) ¿Está lejos? 遠嗎？

No, está muy cerca. 不，很近。

e) ¿Cómo es el farmacéutico? 藥劑師如何？

Es muy amable. 他很友善。

f) ¿Qué relación tiene con los padres de Carmen? 他跟卡門的父母有什麼關係？

Es muy amigo de sus padres. 他是她父母的好朋友。

g) ¿Cuál es el número de teléfono móvil de Carmen? 卡門的手機號碼是幾號？

Su número de teléfono móvil es el 610 29 37 56. 她的手機號碼是 610 29 37 56。

h) ¿Cómo se dice " 早日康復！ " en español? 「早日康復！」的西文怎麼說？

"¡Que te mejores pronto!". 「¡Que te mejores pronto!」。

🔢 Vocabulario 單詞

a) El ático.　　　　b) El condado.　　　　c) La dirección.

d) El fax.　　　　e) La plaza.　　　　f) El piso.

g) El sótano.　　　　h) La vía.

🔢 Gramática 文法

a) Comed (comer, vosotros) despacio. 請你們慢慢吃。

b) Cruza (cruzar, tú) la calle con cuidado. 你過馬路請小心。

c) Beba (beber, usted) mucha agua todos los días. 請您每天喝很多水。

d) Gira (girar, tú) la segunda a la izquierda. 請你第二條街左轉。

e) Pongan (poner, ustedes) los libros encima de la mesa. 請您們將書放在桌上。

f) Di (decir, tú) siempre la verdad. 請你總是說實話。

g) Salga (salir, usted) del autobús por la puerta trasera. 請您從後門下車。

h) Haz (hacer, tú) los deberes. 請你做功課。

四 Práctica integrada 綜合練習

1. Según el mapa, escribe cómo ir desde la oficina de correos hasta el banco, la farmacia y la iglesia utilizando la forma tú del imperativo afirmativo
請依照下列地圖，用命令式肯定的用法，以第二人稱單數「你」寫從郵局怎麼去銀行、藥局和教堂：

Desde la oficina de correos hasta el banco: Sigue todo recto por la Calle Góngora, cruza la Calle del Pino y el banco está a la izquierda.

從郵局到銀行：由 Calle Góngora 一直走，過 Calle del Pino，銀行就在左手邊。

Desde la oficina de correos hasta la farmacia: Sigue todo recto por la Calle Góngora, coge la primera a la izquierda, sigue todo recto por la Calle del Pino, coge la primera a la derecha y la farmacia está a la izquierda.

從郵局到藥局：由 Calle Góngora 一直走，第一條街左轉 Calle del Pino，然後一直走到第一條街右轉，藥局就在左手邊。

Desde la oficina de correos hasta la iglesia: Sigue todo recto por la Calle Góngora, coge la primera a la izquierda, sigue todo recto por la Calle del Pino, coge la segunda a la izquierda y la iglesia está al final de la calle.

從郵局到教堂：由 Calle Góngora 一直走，第一條街左轉 Calle del Pino，然後一直走到第二條街左轉，教堂就在街的盡頭。

2. Corrige las siguientes frases (hay un error en cada una) 改錯（每句只有一個錯誤）：

a) Mi dirección de correo electrónico es el juan@gmail.com.

正確：Mi dirección de correo electrónico es juan@gmail.com.

b) No tengo fax, pero mi número de movil es el 625 36 47 58.

正確：No tengo fax, pero mi número de móvil es el 625 36 47 58.

c) Oie, ¿sabes dónde hay un banco por aquí cerca?

正確：Oye, ¿sabes dónde hay un banco por aquí cerca?

d) Ellos viven en un ático, pero a mí me gusta más vivir en una chalé.

正確：Ellos viven en un ático, pero a mí me gusta más vivir en un chalé.

e) Cruze la plaza con cuidado.

正確：Cruza la plaza con cuidado. 或 Cruce la plaza con cuidado.

f) Vena a visitar a su abuelo cuando pueda.

正確：Venga a visitar a su abuelo cuando pueda.

3. Traduce las siguientes oraciones al español 請將下列句子翻譯成西班牙文：

a) 你的電話號碼為何？

¿Cuál es tu número de teléfono?

b) 一你住在哪裡？ 一我住在高雄縣。

- ¿Dónde vives? - Vivo en el Condado de Kaohsiung.

c) 請你寫一封電子郵件給你母親。

Escribe un correo electrónico a tu madre.

d) 請你們認真唸書。

Estudiad mucho.

e) 請您離開教室。

Salga de la clase.

f) 請您們做功課。

Hagan los deberes.

Unidad 14: Ayer fui de excursión　　　　第十四單元：昨天我去郊遊

一 Lectura 閱讀

卡門：你好，路易！昨天做什麼？

路易：妳好，卡門！昨天我去山上郊遊並拍很多照片。妳想要看嗎？

卡門：好啊！

路易：妳看，妳看。

卡門：我看看……真美！

路易：那妳呢，妳昨天做什麼，卡門？

卡門：上週我的一位朋友來到此城市出差，昨天我們去參觀旅遊景點，買紀念品和吃當地食物。昨晚列印她的飛機票。今晚她要搭飛機回國。

路易：我很怕搭飛機，我比較喜歡搭公車或開車。

卡門：一切都是習慣的問題。那你比較喜歡跟團旅行或自助旅行？

路易：自助旅行，我喜歡自己規劃行程，那妳呢？

卡門：我也是，但跟團旅行對長者來講是一個不錯的選擇。

路易：當然！祝你的朋友旅途愉快！

卡門：謝謝，路易！稍後見！

路易：待會見！

a) ¿Qué hizo Luis ayer? 昨天路易做什麼？

　　Ayer fue de excursión a la montaña e hizo muchas fotos.

　　昨天他去山上郊遊並拍很多照片。

b) ¿Cómo son las fotos? 照片如何？

　　Las fotos son muy bonitas. 照片很美。

c) ¿Con quién quedó Carmen ayer? 昨天卡門跟誰約？

　　Ayer Carmen quedó con una amiga. 昨天卡門跟一位朋友有約。

d) ¿Qué hicieron ayer? 昨天她們做什麼？

　　Ayer visitaron lugares turísticos, compraron recuerdos y comieron platos típicos.

　　昨天她們去參觀旅遊景點，買紀念品和吃當地食物。

e) ¿Cuándo y cómo regresa a su país la amiga de Carmen?

　　卡門的朋友什麼時候和如何回國？

　　Esta noche coge un avión de regreso a su país. 今晚她要搭飛機回國。

f) ¿Le gusta a Luis viajar en avión? 路易喜歡搭飛機嗎？

　　No, prefiere viajar en autobús o en coche. 不，他比較喜歡搭公車或開車。

g) ¿Le gustan a Carmen los viajes por cuenta propia? 卡門喜歡自助旅行嗎？

　　Sí, le gustan los viajes por cuenta propia. 是的，她喜歡自助旅行。

h) ¿Cómo se dice "祝您旅途愉快！" en español? 「祝您旅途愉快！」的西文怎麼説？

　　"¡Que tenga un buen viaje!". 「¡Que tenga un buen viaje!」。

翻譯和
答案

14

二 Vocabulario 單詞

a) Bañarse en la playa

b) Hacer fotos / Tomar fotos

c) Tomar el sol

d) Viajar en autobús

e) Coger un avión / Tomar un avión

f) Visitar museos

三 Gramática 文法

a) Anoche Pablo y Pedro durmieron (dormir) diez horas. 昨晚保羅和彼得睡十小時。

b) Hace dos días yo tuve (tener) un accidente. 兩天前我發生意外。

c) El mes pasado ellos leyeron (leer) mucho. 上個月他們看很多書。

d) Ayer por la tarde Luis y yo fuimos (ir) a clase. 昨天下午路易和我去上課。

e) El otro día vosotros trabajasteis (trabajar) demasiado. 過去的某一天你們工作太多。

f) Anteayer tú no hiciste (hacer) deporte. 前天你沒有做運動。

g) La semana pasada nosotros vimos (ver) a su madre. 上週我們看到他母親。

h) Ustedes nunca supieron (saber) la verdad. 您們從不知道真相。

四 Práctica integrada 綜合練習

1. Completa los huecos con la forma adecuada del verbo entre paréntesis en presente de indicativo o pretérito indefinido 請填寫現在陳述式或簡單過去式適當的動詞變化：

a) El año pasado Ana vino (venir) todos los días al trabajo. 去年每天安娜都有來上班。

b) Todos los días Juan y Jaime estudian (estudiar) en la biblioteca.
每天胡安和海梅在圖書館唸書。

c) Anoche yo cené (cenar) con mis hermanos en casa. 昨晚我和我兄弟在家裡吃晚餐。

d) Normalmente nosotros no salimos (salir) de fiesta los fines de semana.
我們通常週末的時候不去派對。

e) El fin de semana pasado Isabel fue (ir) de excursión a la playa.
上週末伊莎貝爾去沙灘郊遊。

f) Tú pudiste (poder) hacerlo en su momento, pero no quisiste.
你那時候可以做，但你不想要。

2. Corrige las siguientes frases (hay un error en cada una) 改錯（每句只有一個錯誤）:

a) Ayer ella estudió mucho y hizo los deberes.

正確：Ayer ella estudió mucho e hizo los deberes.

b) Anoche andamos diez kilómetros.

正確：Anoche anduvimos diez kilómetros.

c) El otro día Juan pedió una paella en el restaurante de mi padre.

正確：El otro día Juan pidió una paella en el restaurante de mi padre.

d) Mi abuelo morió en 1986.

正確：Mi abuelo murió en 1986.

e) Antonio pusó el libro en la estantería.

正確：Antonio puso el libro en la estantería.

f) Anteayer los niños dormieron mucho.

正確：Anteayer los niños durmieron mucho.

3. Traduce las siguientes oraciones al español 請將下列句子翻譯成西班牙文:

a) 去年我們去美國自助旅行。

El año pasado fuimos a Estados Unidos de viaje por cuenta propia.

b) 上週我在公園曬太陽。

La semana pasada tomé el sol en el parque.

c) 兩個月前他在海邊戲水。

Hace dos meses se bañó en la playa.

d) 前年他們來臺灣參觀博物館。

Hace dos años vinieron a Taiwán a visitar museos.

e) 您在旅行社工作滿三年。

Trabajó en una agencia de viajes tres años.

f) 他昨晚跟我説「晚安！」。

Anoche me dijo "¡buenas noches!".

翻譯和
答案

14

229

一 Lectura 閱讀

安娜：你好，胡安！今天早上你做什麼？

胡安：妳好，安娜！今天早上我在大學踢了足球。

安娜：這樣而已？

胡安：是的，我跟一些朋友踢了三小時的足球，妳呢？

安娜：我做很多東西。今天早上我有去跑步、回家，洗個澡、吃個早餐，並處理一些事情。

胡安：好忙！那今天下午要做什麼？

安娜：今天下午我要去做一點運動。做運動對身體很好。

胡安：是嗎？那妳最喜歡什麼運動？

安娜：我最喜歡的運動是籃球。你會打籃球嗎？

胡安：會，但我比較喜歡踢足球。每週我跟一群朋友約踢足球。那妳呢，妳通常跟誰打籃球？

安娜：跟我的一些大學朋友，但我們一個月只會打一次，我們沒有空每週約。

胡安：如果妳想要，妳可以跟我們來踢足球。

安娜：謝謝你的邀請，胡安！再看看下週我是否有空。

胡安：好的！保持聯絡，安娜！

安娜：當然，胡安！再見！

胡安：待會見！

a) ¿Qué ha hecho Juan esta mañana? 今天早上胡安做什麼？

　　Esta mañana ha jugado al fútbol en la universidad. 今天早上他在大學踢足球。

b) ¿Y Ana? 那安娜呢？

　　Ha hecho muchas cosas. Esta mañana ha ido a correr, ha vuelto a casa, se ha duchado, ha desayunado y ha ido a hacer varios recados.

　　她做很多東西。今天早上她有去跑步、回家、洗個澡、吃個早餐，並處理一些事情。

c) ¿Está Ana ocupada? 安娜忙不忙？

　　Sí, Ana está muy ocupada. 是的，安娜很忙。

d) ¿Qué va a hacer Ana esta tarde? 今天下午安娜要做什麼？

Esta tarde va a hacer algo de deporte. 今天下午她要去做一點運動。

e) ¿Cuál es el deporte favorito de Ana? 安娜最喜歡的運動為何？

Su deporte favorito es el baloncesto. 她最喜歡的運動是籃球。

f) ¿Y el de Juan? 胡安呢？

Su deporte favorito es el fútbol. 他最喜歡的運動是足球。

g) ¿Qué le ofrece Juan a Ana? 胡安給安娜什麼建議？

Jugar al fútbol con ellos. 跟他們一起踢足球。

h) ¿Cómo se dice " 保持聯絡！" en español? 「保持聯絡！」的西文怎麼説？

"Seguimos en contacto". 「Seguimos en contacto」。

▣ Vocabulario 單詞

a) Fútbol
b) Baloncesto
c) Tenis
d) Béisbol
e) Natación
f) Golf

▤ Gramática 文法

a) Esta mañana nosotros hemos roto (romper) una ventana. 今天早上我們打破窗戶。

b) Hoy yo he cantado (cantar) muchas canciones. 今天我唱很多歌。

c) Ellos siempre han sido (ser) educados conmigo. 他們總是對我有禮貌。

d) Tú nunca has dicho (decir) nada malo. 你從來沒有説任何不好的話。

e) Este verano Luis y Pablo han ido (ir) de vacaciones a España.

今年夏天路易和保羅去西班牙度假。

f) Hoy usted no ha puesto (poner) la mesa. 今天您沒有排餐具。

g) Esta mañana vosotros habéis vuelto (volver) a la rutina. 今天早上你們已恢復常規。

h) Ana ha descubierto (descubrir) la verdad gracias a tu ayuda.

安娜在你的幫助下發現真相。

翻譯和答案

15

四 **Práctica integrada** 綜合練習

1. Clasifica las siguientes palabras según su significado 請將以下單字依照語義分類：

Deporte individual	Deporte colectivo
Boxeo	Voleibol
Judo	Rugby
Maratón	Balonmano

2. Corrige las siguientes frases (hay un error en cada una) 改錯（每句只有一個錯誤）：

a) Hoy he no jugado al golf.

　　正確：Hoy no he jugado al golf. 或 Hoy he jugado al golf.

b) Esta mañana ha se levantado a las siete en punto.

　　正確：Esta mañana se ha levantado a las siete en punto.

c) Nosotros hemos hacido muchas cosas.

　　正確：Nosotros hemos hecho muchas cosas.

d) Pedro y Juan han volvido tarde a casa.

　　正確：Pedro y Juan han vuelto tarde a casa.

e) No me gusta jugar al beisbol.

　　正確：No me gusta jugar al béisbol.

f)　Nunca ha jugado natación.

　　正確：Nunca ha hecho natación.

3. Traduce las siguientes oraciones al español 請將下列句子翻譯成西班牙文：

a) 他學了西班牙文一年。

　　Ha estudiado español un año.

b) 最近我有見到他的父母。

　　Recientemente he visto a sus padres.

c) 他們從來沒有吃過法國菜。

　　Nunca han comido comida francesa.

d) 他最喜歡的運動是網球。

　　Su deporte favorito es el tenis.

e) 我們不喜歡打排球，也不喜歡打手球。

　　No nos gusta jugar al voleibol ni jugar al balonmano.

f) 西班牙最熱門的運動是足球。

El deporte más popular de España es el fútbol.

一 Lectura 閱讀

卡門：你好，路易！今年在大學如何？

路易：妳好，卡門！很棒！今年我學了很多西班牙文，交新朋友，開始新項目，還有
個人成長。

卡門：我替你開心！那你今年夏天有什麼計劃？

路易：我會跟我家人去日本度假，妳呢？

卡門：我七八月會在一間行銷公司實習。

路易：不錯！你會累積很多工作經驗！

卡門：希望如此，雖然實習期間很短，只有兩個月。

路易：有總比沒有好。那妳下學年度有什麼計劃？

卡門：我還不知道，你呢？

路易：下學年度我會想要去西班牙做交換。

卡門：是嗎？去哪個城市？

路易：去馬德里，西班牙的首都，雖然我也在考慮其它選擇，如巴塞隆納、瓦倫西亞，
賽維利亞或沙拉哥薩。

卡門：我兩年前跟我哥哥去西班牙。我們逛了伊比利半島的東南西北，玩得很開心。
我們去看展覽、看戲、吃小吃、喝一杯……很難忘的經驗！如果我能幫你什麼
忙，你就告訴我。

路易：非常謝謝，卡門！妳是一個真正的朋友！

卡門：不客氣，路易！好好享受夏天並祝假期愉快！

路易：妳也是，卡門！保重！

a) ¿Qué ha hecho Luis este año en la universidad? 今年路易在大學做什麼？

Este año ha aprendido mucho español, ha hecho nuevos amigos,

ha empezado nuevos proyectos y ha crecido como persona.

今年他學了很多西班牙文、交新朋友、開始新項目，還有個人成長。

b) ¿Qué planes tiene Luis para este verano? 今年夏天路易有什麼計劃？

Va a ir de vacaciones con su familia a Japón. 他會跟他家人去日本度假。

c) ¿Y Carmen? 卡門呢？

Va a trabajar de prácticas en una empresa de marketing los meses de julio y agosto.

她七八月會在一間行銷公司實習。

d) ¿Qué planes tiene Luis para el próximo curso académico?

下學年度路易有什麼計劃？

El próximo curso académico le gustaría ir a España de intercambio.

下學年度他會想要去西班牙交換。

e) ¿Cuál es la capital de España? 西班牙的首都是哪個城市？

La capital de España es Madrid. 西班牙的首都是馬德里。

f) ¿Con quién estuvo Carmen en España? 卡門跟誰去西班牙？

Con su hermano mayor. 跟她哥哥。

g) ¿Qué hicieron en España? 他們在西班牙做什麼？

Fueron a ver exposiciones, al teatro, de tapas, de copas...

他們去看展覽、看戲、吃小吃、喝一杯……

h) ¿Cómo se dice " 假期愉快！" en español? 「假期愉快！」的西文怎麼說？

"¡Felices vacaciones!". 「¡Felices vacaciones!」。

三 Repaso 複習

1. Completa la siguiente ficha con tus datos personales 請用你的個人資料填寫下列表格：

Nombre 名字	Ana 安娜
Apellido 姓	Lin 林
Edad 年齡	30 años 三十歲
Fecha de nacimiento 出生日	25 de diciembre de 1989 1989 年 12 月 25 日
Nacionalidad 國籍	Taiwanesa 臺灣人
Sexo 性別	Mujer 女
Estado civil 婚姻狀態	Soltera 單身
Profesión 職業	Enfermera 護士
Teléfono móvil 手機號碼	0912 345 678
Correo electrónico 電子郵件	ana.lin@gmail.com

2. Completa los huecos con la forma adecuada del verbo entre paréntesis en presente de indicativo 請填寫現在陳述式適當的動詞變化：

a) Ellos se levantan (levantarse) tarde todos los días. 他們每天很晚起床。

b) A Ana le gusta (gustar) tocar el piano. 安娜喜歡彈鋼琴。

c) Yo como (comer) siempre en casa. 我總是在家裡吃飯。

d) Vosotros vivís (vivir) muy bien. 你們過得很好。

e) Tú puedes (poder) trabajar más. 你可以多工作一點。

f) Usted lleva (llevar) mucha ropa. 您穿很多衣服。

g) Juan y yo somos (ser) amigos. 胡安和我是朋友。

h) Pedro siempre ayuda (ayudar) a los demás. 彼得總是幫其他人。

i) Nosotros estamos (estar) en clase. 我們在上課。

j) A Julia le encanta (encantar) jugar al baloncesto. 胡利亞熱愛打籃球。

k) Ellos van (ir) de vacaciones todos los veranos. 每年夏天他們去度假。

l) Ella normalmente vuelve (volver) a casa antes de las nueve y media de la noche.
   她通常晚上九點半前回家。

m) Yo me acuesto (acostarse) muy pronto, a las diez en punto de la noche.
   我很早去睡覺，在晚上十點整。

n) Ellas siempre vienen (venir) a clase. 她們總是來上課。

o) Yo de postre quiero (querer) tomar arroz con leche. 甜點我想要吃米布丁。

p) Luis termina (terminar) de trabajar a las seis en punto de la tarde.
   路易晚上六點整下班。

q) La madre sufre (sufrir) mucho por sus hijos. 母親很擔心她的小孩。

r) Nosotros hacemos (hacer) los deberes todos los días. 我們每天做功課。

s) Yo conduzco (conducir) con precaución. 我小心開車。

t) Mi hermano nunca se peina (peinarse). 我兄弟從來不梳頭。

3. Elige la respuesta más adecuada de entre las tres propuestas
   請從三個選項中，選出一個最適合的答案：

c 1. Julia tiene 18 años. 胡利亞十八歲。

a 2. Luis es de España, pero vive en Taiwán. 路易來自西班牙，但住在臺灣。

b 3. Su hermana es muy inteligente. 他姊妹很聰明。

a 4. El cura trabaja en una iglesia. 神父在教堂工作。

b 5. Estudia en Taiwán. 他在臺灣唸書。

b 6. La enfermera trabaja en un hospital. 護士在醫院工作。

b 7. No es inglesa. 她不是英國人。

c 8. Ella se apellida Chen. 她姓陳。

a 9. Pedro y yo somos amigos. 彼得和我是朋友。

c 10. Tengo dos bolígrafos azules. 我有兩支藍筆。

a 11. Me gusta estudiar español. 我喜歡學西班牙文。

b 12. Hay unos chicos en el parque. 有一些男孩在公園裡。

a 13. Yo me acuesto normalmente a las once y media de la noche.
     我通常晚上十一點半去睡覺。

c 14. En la clase hay muchas sillas. 教室裡有很多椅子。

a 15. Esta cama cuesta cien euros. 這個床一百歐元。

c 16. Juana y su hermana son muy simpáticas. 胡安娜和她姊妹都很熱情。

b 17. Hoy es lunes. 今天是星期一。

a 18. No es alta ni baja. 她不高也不矮。

b 19. La carne es tan cara como el pescado. 肉跟魚一樣貴。

b 20. Ayer me levanté a las ocho y media de la mañana. 我昨天早上八點半起床。

a 21. Mi deporte favorito es el fútbol. 我最喜歡的運動是足球。

c 22. De primero quiero ensalada mixta. 第一道菜我想要吃綜合沙拉。

c 23. Esta mañana he ido a clase. 今早我有去上課。

b 24. El hermano menor de tu padre es tu tío. 你爸爸的弟弟是你的叔叔。

c 25. Anoche cené en casa. 昨晚我在家裡吃晚餐。

MEMO

國家圖書館出版品預行編目資料

愛上西班牙文 A1 / Mario Santander Oliván（馬里奧）著
-- 初版 -- 臺北市：瑞蘭國際, 2019.12
240面；19×26公分 --（外語學習；72）
ISBN：978-957-9138-56-7（平裝）
1. 西班牙語 2. 讀本

804.78   108020387

外語學習系列 72

愛上西班牙文 A1

作者｜Mario Santander Oliván（馬里奧）· 責任編輯｜林珊玉、王愿琦
校對｜Mario Santander Oliván（馬里奧）、林珊玉、王愿琦

西語錄音｜Mario Santander Oliván（馬里奧）、Raquel Hughes
錄音室｜采漾錄音製作有限公司
封面設計、版型設計、內文排版｜余佳憓 · 美術插畫｜Syuan Ho

瑞蘭國際出版

董事長｜張暖彗 · 社長兼總編輯｜王愿琦
編輯部
副總編輯｜葉仲芸 · 副主編｜潘治婷 · 文字編輯｜林珊玉、鄧元婷
設計部主任｜余佳憓 · 美術編輯｜陳如琪
業務部
副理｜楊米琪 · 組長｜林湲洵 · 專員｜張毓庭

出版社｜瑞蘭國際有限公司 · 地址｜臺北市大安區安和路一段104號7樓之1
電話｜(02)2700-4625 · 傳真｜(02)2700-4622 · 訂購專線｜(02)2700-4625
劃撥帳號｜19914152 瑞蘭國際有限公司 · 瑞蘭國際網路書城｜www.genki-japan.com.tw

法律顧問｜海灣國際法律事務所　呂錦峯律師

總經銷｜聯合發行股份有限公司 · 電話｜(02)2917-8022、2917-8042
傳真｜(02)2915-6275、2915-7212 · 印刷｜科億印刷股份有限公司
出版日期｜2019年12月初版1刷 · 定價｜450元 · ISBN｜978-957-9138-56-7

瑞蘭國際

瑞蘭國際